十三月の明時神

御米田よね

TO文庫

目次

十三月の明時神

序章　明時《あかとき》の夢

暁闇《あかときやみ》の中、東の地平線からわずかに光があふれ出す。

名も知らぬ草原に立ち尽くしている凍月《いつき》は、仄々《ほのぼの》とした明時の光の美しさに見惚れ、目を離せないでいた。

いまだ夜空に浮かぶ名残《なご》り星たちは、次第に昇る朝日に照らされ今まさに姿を消さんとしている。

夜明けの曙光《しょこう》は長く辛い冬の終わりを告げる光でもあった。草原を静かに通り抜ける風はどこか春の香を纏《まと》っており、それが妙に心悲《うらがな》しさを感じさせながら凍月の肌を撫でていく。

やがて闇は消え、朝焼けの光が草原に降り注ぐだろう。そうすれば雪は解け、野山に緑が戻り、様々な命が芽吹き出す春がくる。また新たな四季の巡りの始まりだ。

凍月は待ちわびながら空を見上げるが、一向に朝日は昇ってこない。地平線からは確かに光が見えるが、それ以上光が広がることはなく、まるで太陽が空へ昇ることを止めてしまったかのように思えた。

依然として辺りには薄暗闇が広がり、漠然とした不安が凍月の心を蝕《むしば》んでいく。

もう二度と朝は来ないのではないかという、絶望にも似た冷たい不安だった。

「冬ノ神の怒りだ」

突然左側から声が聞こえ、凍月は驚いて横を見る。そして思わず目を見張った。

そこにいたのは、自分と同い年くらいの十代半ばの少年だった。

まったくもって見覚えのない少年だ。

少年はじっと地平線の光を見つめており、その瞳はまるで暁を宿しているかのような美しい東雲色《しののめいろ》をしていた。凍月の位置からは横顔しか見ることができないが、それでも端整な顔立ちをしていることが分かる。艶やかな黒髪は腰に届きそうなほど長く、腰には脇差《わきざし》を携えており、まるで剣客のような出で立ちをしている。黒い着物に身を包んでいるためか、闇に忍んでいるかのような印象を受けた。

「冬ノ神は夜を司りし神だ。冬ノ神の怒りのせいで、この世は夜に捕らわれ常夜《とこよ》の世界とならんとしている」

少年は光を見据《みす》えながら言葉を続ける。少年が何の話をしているのかまるで分からなかったが、なぜだか少年の声は抵抗なく凍月の心に沁《し》み入ってきた。

「全ては終《しゅう》ノ神の仕業か、それとも……」

不意に少年は凍月へと顔を向けた。少年の強い瞳に正面から見据えられ、凍月の心臓がドクリと鳴る。

「……この私のせいか」

少年の声が真っ直ぐに凍月へと届く。険しい表情とは裏腹に、どこか哀愁《あいしゅう》を秘めた声だった。

少年とは思ったが、実のところ、凍月には目の前の人物が男なのか女なのか判別がつかなかった。清冽《せいれつ》で芯の通ったその声は高いわけではなく、かといって低すぎもせず、性別を判明させる手掛かりにはならない。整った顔立ちは中性的で、凛々しく気品のある美しさを持っていた。精悍《せいかん》として意思の強そうな東雲色の双眸《そうぼう》は、依然として厳しい眼差しで凍月を見つめている。

美しい人だと、凍月は正直に思う。

見た目だけではなく、目の前の少年の纏う佇《たたず》まいそのものが美しいと感じられたのだ。

「お前の瞳に映る私は何者だ」

少年は凍月を見据え問いかける。その張り詰めた美しい瞳が、心なしか怯えるように揺れ動いた気がした。そしてその瞬間、凍月は目の前の人物が男であることを悟った。なぜかは分からないが、彼の瞳を見つめれば見つめるほど、彼の心が自分のすぐ近くにあるような不思議な感覚がするのだ。

「教えてくれ。その心の奥底の本性すら見抜くという真澄《まそ》の瞳に、私の姿はどう映る。この世を常夜に陥れようとする夜叉《やしゃ》か。それとも己の運命《さだめ》すら全うできない非力で憐れな愚者か」

少年はわずかに声を震わせながらさらに問いかけてくる。少年の言葉の意味は分からなかったが、その声が、瞳が、彼の胸に秘めた底知れぬ孤独を凍月に伝えてくるようだった。

まるで少年の心に共鳴するかのように、凍月の心が締め付けられるように痛み出す。

「……俺の神だ」

凍月は気づかぬうちに声をこぼしていた。

なぜこんなことを言ったのか自分でも分からない。

少年は目を見開き、声を忘れたように凍月を見つめた。そして、彼の孤独が少し和らいだことを凍月は感じ取った。

彼が何者であるか凍月が知る由もない。

だが、彼を見た瞬間、何かえも言われぬ感情が胸の奥底から湧き上がってくる感覚がした。なぜかは分からないが、名も知らぬ彼が自分にとって何よりも重要な人物であるような気すらした。

「君の瞳に俺はどう映る」

凍月は静かに問いかける。

少年は目を見張ったまま凍月を見つめ、おもむろに口を開いた。

「私の光だ」

少年の声が耳に届いた瞬間、凍月は目を覚ました。

一章　雪鹿衆《ゆきじかしゅう》の少年

「ワン！」

「うわっ！」

突如耳元で犬の鳴き声が響き凍月は飛び起きた。

枕元に目を向けるとそこには愛犬のハチがおり、凍月を見つめ今度は穏やかに「ワン」と鳴いた。

「あ、兄ちゃんようやく起きた」

土間からひょっこりと顔を出した妹の真冬が凍月を見て言う。

「昨日は遅くまで祭りの練習をしていたから疲れたのね」という祖母の穏やかな声も土間の奥から聞こえてきた。どうやらすでに真冬と祖母が朝食の準備をしているようだった。

「おう、起きたか寝坊助」

玄関から入ってきた祖父が凍月を見るなりからかうように笑って言った。「おはようみんな」と凍月はあくび交じりに言いつつ、手早く布団を片付け始める。祖父母が早起きなのはいつものことだが、普段は真冬よりも早く起きられるのに、この夢を見た日は決まって誰よりも遅く起床する。

見覚えのない草原に立って、これまた見覚えのない少年と出会い、よく分からない会話をして目覚める。物心ついたころからこの夢を見始め、最近は見る頻度が多くなってきている気がする。今までなら夢の内容は目覚めた途端ほぼ忘れてしまっているのに、今日はなぜだか鮮明に覚えていた。

しかし、やはり少年には見覚えがないし、会話の内容だって意味が分からない。夢は夢に過ぎないとあまり気にしないようにしつつも、すぐに忘れてしまう普段の夢とは違い、なぜだかこの夢が忘れがたかった。

「朝餉《あさげ》の前に銀花《ぎんか》に会いにいってやりな。お前が来ないって機嫌が悪くなってるぞ」

祖父に言われ、「分かったよ」と凍月は身支度を整える。

外へ出る前に神棚の前に立ち、静かに手を合わせた。

(父さん、母さん、今日も真面目に頑張ります)

心の中でそうつぶやくと、凍月は土間で藁沓《わらぐつ》を履き外へと出た。その後ろをハチが白と黒の斑《まだら》模様の体を揺らしながらゆったりとした足取りで追いかけてくる。

夜のうちに雪が降ったようだった。地面には足が埋まるほどの雪が積もっており、歩を進めるたび新雪の上に足跡がついていく。空は灰色をした曇天で、いつ雪が降り出してもおかしくはない。息を吸うと冷え切った空気が肺の中に入ってくるが、寝起きの頭には心地よかった。

もう一月も晦日《みそか》で明日からは春ノ神の季節である二月になろうとしているが、アマツクニの北側に位置する冬月国《とうげつこく》では二月に入っても雪が降ることは珍しくない。昨年に至っては四月に入ってもちらほらと雪が降り、梅の花は遅くに咲いた。

春はまだまだ先だなと思いながら凍月が牧場へと向かうと、一匹の大きな牡鹿が凍月に気付きすぐさま駆け寄って来た。まるで雪と見紛うような純白の毛に、氷細工のように澄み渡る美しい角を有したその牡鹿は、遠目から見ても目を引くほど存在感があった。

「銀花」

凍月は牡鹿の名を呼びながら近づき頭を撫でると、銀花は嬉しそうに額を凍月に擦り寄せた。銀花は雪鹿《ゆきじか》と呼ばれる鹿であり、角が氷のように透明であることが特徴だ。角の形や色は個体によって違い、銀花の角はまるで星入り氷柱《つらら》のように角の中に六花《りっか》模様がちりばめられ、光を浴びキラキラと輝いて見える。村人からも美しいと評判のその角を凍月は優しく撫でていった。

「おはよう凍月」

不意に背後から声をかけられ振り向くと、従兄の玲太《れいた》があくびをしながら近づいてきていた。先にハチが「ワン」と返事をし、凍月も「おはよう。眠そうだね」と微笑みながら返した。

「そりゃ眠いよ、昨日も遅くまで祭りの練習だったじゃん。お前だって眠いだろ」

玲太は口を尖らせ目をこすりながら言う。「うん、今日は寝坊しちゃった」と凍月が苦笑すると、「だろ」と玲太はしたり顔で笑った。

「相変わらず見事な角だな。さすが俺たち若手の雪鹿衆の中じゃ、一番の鹿師《しかし》だって言われてるだけのことはある」

　玲太は銀花の角を見つめ言う。照れた顔を隠すように凍月は顔を銀花に向け、角を撫でつつ「銀花が優秀なんだ。俺なんてまだまだだよ」と声をこぼす。

「謙遜すんなよ。その優秀な銀花を育てたのはお前だろうが」と玲太は目を細め笑った。

　冬月国で雪鹿の育成を生業《なりわい》としている者たちのことを『雪鹿衆』と呼び、凍月の住む村は雪鹿衆の村と呼ばれていた。雪鹿はその角の美しさから観賞用として人気があり、鹿の育成手である『鹿師』たちはいかに美しい鹿を育てるかに心血を注ぐ。

　凍月の育てている鹿の中でも銀花は特に美しいと村人たちに評判であり、凍月は若手の中で一番だと褒められることがある。

　ありがたいことではあるが、そう言われるたびどうも凍月は気恥ずかしい気持ちになる。

　確かに三年前銀花が生まれたばかりのころから凍月が世話をしているが、熟練の鹿師である祖父母の手を大いに借りたし、角の色形は銀花の資質が大きい。それなのに、自分ばかりが褒められるとむずがゆい思いがするのだ。

「本当に立派な鹿だよ。天上に献上できるんじゃないか？」

　玲太は銀花に視線を向けたまま言う。毎年四月に全国の鹿師たちが集まり行われる品評会で、最も優れていると評価された鹿は神々の住む天上に献上されることがある。鹿師にとって育てた鹿が天上に献上されることは最高の名誉であり、かつて凍月の父が育てた雪鹿が天上へ献上されたことがあるらしく、凍月にとって父は誇りであり目指すべき目標でもあった。

「たとえ神様に頼まれても銀花はやれないよ」

凍月は銀花を撫でながら答える。凍月が手塩にかけて育てた銀花は、凍月にとって何物にも代えがたく手放すことのできない存在になっていた。

「お前の愛鹿《あいか》だもんな」と玲太が言うと、急にハチが「ワン！」と強く吠えた。「どうしたいきなり？」と玲太は怪訝そうにハチを見る。

「俺を忘れるなって怒ってる」

凍月がハチの言葉を代弁すると、玲太は「分かってるよハチ、お前は凍月の愛犬だ」としゃがみ込んでハチの頭を撫でた。

「ハチも長生きだよな。俺たちと同い年だから、十六歳だろ」

「うん。俺が生まれる少し前に父さんが拾ってきたらしいから、俺よりも年上なくらいだよ」

ハチは子犬のころ鹿の牧場に迷い込み、凍月の父が見つけ家に連れ帰って以来家族の一員としてずっと一緒に暮らしてきた。息子のよき友となり見守ってくれるようにと父が願った通り、ハチは父と母が亡くなったあともずっと凍月に寄り添い傍にいてくれた。

「長生きだよなぁ。実は妖怪なんじゃないのか？」

玲太はハチの顔を撫でまわしながらからかうように笑う。

「そんなわけないだろ。……もうだいぶ弱ってるよ、いつ迎えがきてもおかしくないさ」

人間の十六と犬の十六では時の流れがまるで違う。ようやく一人前の鹿師として認められる歳になった凍月に対して、ハチはいつ寿命が尽きてもおかしくない歳である。最近は食欲も減り、粗相をする回数も増えてきたので、長くはもたないだろうと凍月も覚悟している。

「最期まで凍月の傍にいてやってくれよ」と玲太が優しく言うと、ハチは「ワン」と答えた。

「……そういや聞いたか？　近くの村に天人《あまびと》が来たんだってさ」

玲太は立ち上がり凍月の方を向いて言う。

「天人？　なんでまた」

「そりゃ決まってるだろ。天人が地上に降りてくるなんて、神伴《みはん》を捜しに来る以外ないさ」

「そっか。どこの月の神様が生まれたんだろうね」

天人とは神々の住まう天上で暮らしている人間のことを指し、余程のことがない限り地上に降りてくることはない。その余程のことというのが、神の従者となる神伴を捜すことである。

天上には暦の月の一月から十二月のそれぞれを司る十二の神がおり、天上から人間の住む下界の季節の移り変わりを支配しているとされる。

なんでも新たに神が誕生すると神伴も地上で生まれ、神伴は天人によって天上に連れて行かれると噂されるが、天上のことなど何も知らない凍月にとってその噂が本当かどうかあまり興味なかった。

「神伴って神様が生まれると同時に地上に誕生するらしいけど、本当かな。それにどうやって生まれた子が神伴かどうか判断するんだろう」

「さぁな。まぁ、俺らには関係ない話だろ。最近この村で赤ん坊は生まれてないし」

凍月の疑問に玲太はあくび交じりに返す。天上にいるとされる神々や神伴のことなど、確かに一介の雪鹿衆である凍月たちには関係のない話である。あまりにも遠い存在すぎて神がいるという実感すら凍月には湧かないが、地上に季節が巡っているということはおそらく存在しているのだろう。

「兄ちゃん、朝ごはんできたよ」

真冬が声を上げながらこちらに向かって歩いてきたので、「分かった」と凍月も声を上げる。「おはよう真冬」と玲太が挨拶をすると「おはよう玲兄《れいにい》」と真冬は微笑んで返した。

「じゃぁな凍月。今夜の祭り頑張ろうぜ」

「うん」

手を振る玲太に手を振り返しつつ、凍月は真冬とハチと一緒に家に戻った。

家の中に入るとすでに祖父母が囲炉裏《いろり》を囲んで座っていたので、凍月も急いで藁沓を脱ぎ囲炉裏の横に座る。皆がそろったところで「いただきます」と手を合わせて朝食に手をつけた。

「今玲太に会って聞いたんだけど、近くの村に天人が来ているらしいよ」

鉤《かぎ》に吊るした鍋から雑炊を器によそいながら凍月は皆に言った。「あら、神伴を捜しにきたのかしらね」と祖母は視線を凍月に向け、驚いたように声をこぼす。

「じゃぁ、どこかの月の新しい神様が生まれたんだ。めでたいね」

真冬は微笑むが、「そんなにめでたいことじゃないさ」と祖父は声をやや低くした。

「新しい神様が誕生したということは、前の神様が死んだということだ。どこかの国が嵐に見舞われているかもしれん」

祖父は雑炊をすすりながらくぐもった声で言う。

「神様が死んだら、その神様の月は天気がおかしくなるんだっけ」と凍月は問いかけると、祖父は「あぁそうさ」と言葉を続ける。

「儂《わし》が子供のころじいさんから聞いた話では、じいさんが若い頃、十二月の神様が亡くなられたらしい。そのせいで毎年十二月になると吹雪に見舞われて、ただでさえ降雪量の多い冬月国は連日猛吹雪で何人も死者が出て、動物も死に作物もとれず酷い有様だったそうだ。早く神が誕生するようにと皆毎日祈りをささげてな。数年経って近くの村で生まれた神伴が天上に連れて行かれ、それからさらに数年経ってようやく吹雪は収まったって話だ。その間に多くの人が冬月国から他所《よそ》の国に出て行ってしまって大変だったらしい」

祖父は慣れた口調で話し、今まで何度か聞かされたことがある話であったが、凍月は「そうなんだ」と相槌《あいづち》を打った。

「でもじいちゃんのじいちゃんたちは他所の国に行かなかったってすごいよね」

凍月が言うと、「あぁ、儂らは誇り高い雪鹿衆だからな。吹雪なんかには負けんよ」と祖父はにっかりと笑った。

「あんたが生まれたときはもしかしたら神伴なんじゃないかって思ったもんだよ」

祖母は凍月を見つめながら言う。「その話はもういいよ」と凍月は飽き飽きした顔になるが、祖母は気にせず話を続けた。

「髪は雪のように真っ白な雪髪《せっぱつ》だし、目は夜空のような濃紺だ。冬ノ神の祝福を受けた証しだよ。そのうち天人が来てこの子を天上に連れて行くんじゃないかって思ったわ」

祖母は優しい目をしながら言うが、昔からことあるごとに言われているので凍月は耳にタコができそうだった。

「髪は母さんから、目は父さんから受け継いだだけだよ。それを言うなら、真冬だって同じ髪と目じゃないか」

そう言い返すと「そうだよ」と真冬は笑って頷いた。凍月と真冬は雪髪と呼ばれる真っ白な髪と濃紺の瞳を有し、初めて会う人にも一目で兄妹だと言い当てられる。確かに珍しい髪と瞳の色だが、それだけで特別な存在だと言われるのは複雑な思いがする。祖父母も髪は白いが、年を取って白くなっただけで雪髪とは呼ばずただの白髪である。

「それにあんたは宝玉を持って生まれて来たのよ。私があんたを取り上げたからちゃんと覚えているわ。右手に真っ白な宝玉を握っていてびっくりしたもの」

祖母はさらに続けるので、「でも、そのあと無くなったんでしょ」と凍月はいつも通りの返しをする。

「そうそう。気付いたら無くなっていてね、みんなでそこら中捜したんだけど見つからなかったのよね」

祖母はそう言うが、いかんせん自分が生まれたばかりのことなので記憶などなく、祖母が本当のことを言っているのか、それともただの見間違いだったのか凍月には知る由もない。

「第一、神伴は宝玉を持って生まれてくるって本当なの？」

「そうらしいぞ。じいさんの話じゃ、近くの村で生まれた神伴の子は宝玉を握って生まれてきたらしいからな。それにその子も綺麗な雪髪だったらしい」

凍月の問いに祖父は自信を持った様子で答えるが、「そんな話、じいちゃん以外から聞いたことないよ」とつぶやき、雑炊をかきこんだ。昔、近所の大人たちに神伴は宝玉を持って生まれてくるのかと訊いたことがあったが、皆そんな話は聞いたことがないと言っていた。だから、赤ん坊が宝玉を握って生まれてくるなど、凍月は信じることができない。

「ごちそうさま。祭りの準備に行ってくる」

凍月は手を合わせたあと立ち上がり玄関へと向かう。「行ってらっしゃい」という声を背で聞きながら藁沓を履き外へと出た。「行ってきます」と言った瞬間、囲炉裏の横で寝ていたハチがピクリと耳を上げ、ゆっくりと立ち上がり凍月のあとを追った。

今日は村をあげての祭りが行われる日だ。今日で冬ノ神の季節が終わり、明日から二月に入り春ノ神の季節になる。新たな四季の巡りが始まることを祝い、皆で神々を祭るのだ。すでに村の中央では祭りの準備が行われていた。凍月はいつも通り鹿の世話を行いながら、雪掻きや舞台の準備を手伝い、合間に舞の振り付けの確認を行った。祭りでは、村の若者が四季神《しきがみ》に扮し舞を踊ることになっており、その中の冬ノ神の役に「髪が白い」という理由で凍月が選ばれたのだ。三年連続で冬ノ神の役なので慣れているし、名誉なことではあるが、あまり目立つことが得意でない凍月はそろそろ交代してほしいと内心思っていた。真冬も髪は白色であるが、冬ノ神の役は男と決まっているので真冬に役を譲ることはできない。

せわしなく仕事をしているとすぐに日は暮れ、九ノ刻になると本格的に祭りが始まった。ほのかな光を放つ提灯《ちょうちん》が村の至る所に飾られ、陽が沈んでも村の中は明るかった。

村の中心には簡素な舞台が設置され、舞台前では村人たちが各々食べ物を持ち寄って宴会を始めており、中には酒を飲んですでに出来上がっている人もいる。

四季神の舞に参加する若者たちは舞台の後ろで衣装を纏い、じきに始まる本番に向け準備を行っていた。

凍月も黒い衣装を身に纏い、舞の最終確認をしながら本番を待つ。冬ノ神の出番は終盤なので、まだ幾分余裕をもっていられる。

「お前は鬘《かずら》をかぶらなくてもいいからいいよな」

玲太は空色の鬘をかぶりながら凍月に向かって言う。「そのせいで冬ノ神の役に選ばれたから、あんまりよくはないよ」と凍月は自身の雪髪を触った。四季神の役に選ばれた者は、それぞれの神に合った色の鬘をかぶらなければならない。春ノ神は新緑色、夏ノ神は空色、秋ノ神は紅色、そして冬ノ神は白色だ。「それでもいいじゃん。俺なんて地毛が黒いのに夏ノ神の役だぜ」と玲太は鬱陶《うっとう》しそうに鬘をかきあげた。

やがて舞台の横に控えた奏者たちが演奏を始め、笛の音が流れ出すと村人たちの話し声が静まった。舞の始まりだ。

四季神の舞はかつて暗黒の地に四季神が降り立ちアマツクニを創ったとされる神話を基にしている。

「天海原《あまうなばら》に浮かぶ闇に覆われた暗黒の地に、春ノ神が太陽と共に降り立った」

笛の音に合わせ舞台横から村長が台詞を述べ、それと同時に春ノ神役の娘が舞台に上がり舞を始めた。桃色の衣を纏った春ノ神の舞は、柔らかくも華やかなものだった。

「春ノ神は太陽と共に大地を照らし、この地に朝をもたらした。眩《まばゆ》い朝焼けの光は瞬く間に暗黒の地を隅々まで照らし、大地に命を芽吹かせた」

村長の台詞に合わせて、娘は舞台上を巡り踊る。娘が舞うたびに彼女の手に持った神楽《かぐら》鈴がしゃんしゃんと軽やかに鳴り、より春ノ神の舞を華やかにさせた。

「次に夏ノ神が降り立ち、この地に昼が生まれた。晴れやかな日盛りの陽光は芽吹いた命を輝かせ、活気を漲《みなぎ》らせた」

娘が舞台から降り、入れ替わるように夏ノ神役の玲太が薙刀《なぎなた》を持って舞台に立った。夏ノ神が舞台に立った瞬間、音楽が柔らかなものから力強いものに変わった。激しい太鼓と笛の音に合わせ、玲太は薙刀を振り回し活力に満ちた舞を踊る。

「次に舞い降りしは秋ノ神。この地に黄昏《たそがれ》を与え、穏やかな夕焼けは実った命を照らし緩やかに成熟させた」

玲太が舞台から降りると秋ノ神役の娘が舞台に上がる。舞台裏に戻ると玲太はすぐに鬘を外し、息を吐きつつ袖で顔に伝う汗を拭う。肩で息をしている玲太に向かい、凍月は「お疲れ様」と小さな声でささやいた。

秋ノ神が舞台に上がった途端、激しかった音楽が急速に緩やかになる。秋ノ神の舞はゆったりとした優美なものであった。秋ノ神役の娘は手に扇を持ち雅やかに舞い、音楽の音と合わせ黄昏のまどやかさを表現していた。

「最後に冬ノ神が月と共に降り立った。月明りはこの地に静寂たる夜をもたらし、命は雪の下で眠りについた」

秋ノ神役の娘が舞台から降りると、凍月は深呼吸を一つして舞台に立った。舞台に上がった途端、舞台前にいる祖父母と真冬、そして真冬に連れられたハチが目に入ってきた。笑顔で手を振る真冬と尻尾を振って「ワン」と鳴くハチに、凍月は思わず笑みがこぼれそうになるが、なんとか無表情を貫き、舞に集中した。

冬ノ神の舞は、剣舞だ。

凍月は模擬刀を構えゆっくりと踊り始める。

音楽は静かなものになり、冬の夜の静けさを表していた。

かつて冬ノ神がこの地に降り立ったとき、雪月剣《せつげつのつるぎ》という刀の切っ先を月に向けることで雪を降らし冬を呼んだという。

冬ノ神の舞も神が冬を呼ぶ様子を表現したものであり、舞の終わりに凍月は模擬刀の切っ先を天に向け掲げた。

晦日であるため月は見えないが、刀を掲げた瞬間、空からはらはらと粉雪が舞い降りてきたので凍月は少し驚いてしまう。まるで自分の舞が雪を呼んだのだと錯覚してしまいそうだった。

「冬ノ神の次はまた春ノ神がこの地に降り立ち、四季神たちは季節と命を巡らせた。四季神はこの地をアマツクニと名付け、命が巡りゆくのを見守った」

村長の台詞に合わせ凍月は舞台裏へと戻り、入れ替わるように十二人の少年少女が舞台上へあがっていく。舞台裏に戻り一息つくと、「いい剣舞だったぜ」と玲太が笑いかけてくれたので、「ありがとう」と凍月も微笑み返した。

「アマツクニに命が溢《あふ》れ豊かになりゆくのを見届けると、四季神は天上に戻り暦を創られた。月の満ち欠けを一か月とし、それを十二回繰り返すことで一年として、一年の中で四季を巡らせることとした。そして十二の神々を生み出し、一月から十二月それぞれの月に神々を割り振り、己の月の季節を監視することを命じた。四季神は十二の神々にアマツクニを任せると、天上よりも更に上にある国へと戻られた」

舞台上では十二の神々に扮した少年少女たちが円になり、息を合わせ厳かな舞を披露している。出番の終わった凍月は穏やかな心地で舞を見つめた。

「こうしてアマツクニは天上におられる十二の季節神《きせつかみ》により季節と命を巡らせている。今日《こんにち》で冬は終わり、明日《あす》から春が訪れ新たな四季の巡りが始まる。豊かな一年となるよう、神々に祈りを捧げる」

村長の台詞が終わるとともに舞も終わり、舞台上の少年少女たちが恭しく礼をすると客席から拍手が起きる。舞台裏の凍月たちも拍手をし、各々撤収にとりかかった。

若者たちの四季神の舞が終われば、次は大人たちの獅子舞が行われる。獅子が烏天狗《からすてんぐ》や猩々《しょうじょう》たちと戦う様子を舞にしたものであり、五穀豊穣を願い四季神の舞と同じく毎年この時期に行われている。

凍月たちが舞台裏で片付けを進めていると、突如獣が集団で走ってくるかのような足音らしきものが響き、客席から「何かが走って来るぞ」「熊か、猪《しし》か？」と困惑するような声も上がり始める。

足音はすぐに大きくなり、客席からの声もやがて悲鳴へと変わっていった。

「妖怪だ！　妖怪が集団で襲ってきたぞ!!」

客席から大声が響きわたり、凍月は「え？」と声をもらし舞台に上がり客席を見る。

そして思わず目を見張った。

見たことのない妖怪どもが村人たちを襲っていたのだ。

熊ほどの大きさがあるそれらは全身が真っ黒な毛に覆われており、四足歩行で移動し唸り声を上げながら村人たちに突進していく。

手足には鋭い爪がついており、前足を振り回しながら村人を襲おうとしているものもいる。妖怪どもの唸り声と村人たちの叫び声で埋め尽くされ、おぞましい光景となっていた。目の前で村人たちが妖怪どもに襲われているというのに、凍月の頭はどこか冷静だった。舞台上から家族がいる方へ目を向けると、祖父が祖母と真冬を守るように抱きしめ、ハチが妖怪どもに向かって吠え続けているのが見える。

しかし、妖怪どもが祖父たちに襲い掛かろうとする気配はなかった。

わずかな違和感を覚えながら妖怪どもの挙動を観察すると、どうも襲う人間を選んでいるような気がする。

「凍月！」

玲太が自分を呼ぶ声に凍月は我に返る。気付けば一体の妖怪が舞台に上がり自分たちに向かって来ようとしていた。

玲太は手に持った薙刀で妖怪を振り払い舞台から落とすが、他の妖怪たちが続々と舞台に上がり玲太に襲いかかってくる。

凍月は舞台裏に模擬刀を置いたままだったことを思い出し、すぐに舞台裏に戻り刀を持って玲太に加勢した。

「どっから湧いたんだこいつら……！」

玲太は薙刀を振るい、歯を食いしばりながら唸るように声を出す。「分からない」と凍月も刀で妖怪たちを追い払いながら答えた。妖怪なんて、この村では滅多に現れることがない。現れたとしても、狐や狸のような小動物くらいの妖怪がほとんどで、こんなに大きな妖怪が群れになって襲ってくることなんて初めてだった。

不意に背後から唸り声が聞こえたかと思うと、舞台裏から回り込んできた妖怪が玲太に襲いかかろうとしていた。「玲太！」と叫びながらその妖怪に向かって刀を振るうと、運よく切っ先が目に刺さり妖怪が怯んだ。動きが止まったところで妖怪の頸《くび》めがけて刀を振り下ろすと、あまり抵抗なく妖怪の頸が落ち、すぐに妖怪の体は黒い霧となって消えていった。

「くっそ、こいつら、俺のことばっか狙ってないか？」

玲太の言葉に「え？」と凍月が玲太の方を見ると、三体もの妖怪が彼を取り囲んでいるのが見えた。しかし、すぐ近くにいる凍月に襲いかかってくる様子はない。それどころか、まるで凍月のことなど見えていないかのように素通りして玲太に向かって行くではないか。

凍月はまた冷静になって全体を見渡す。

先ほども思った通り、やはり妖怪は襲う人間を選んでいるようだった。妖怪に取り囲まれているのは玲太の他にも何人かいるが、性別も年齢もばらばらだ。しかし、ぱっと見で分かる共通点が一つある。皆髪の毛が黒いのだ。

気付いたときには、凍月は首にかけている角笛を力の限り吹いていた。高らかな笛の音が村人の悲鳴や妖怪どもの唸り声にかき消されないか不安だったが、届いてくれと強く願いながら笛を吹く。そしてすぐに舞台裏に行き、祭り用の小道具をあさった。獅子舞で烏天狗役が被ることになっている黒い長髪の鬘を見つけると、凍月は迷わずに鬘を被り舞台上に戻った。

大きく息を吸い、意を決して口を開く。

「お前たちの狙いは俺だろう？　俺を狙え!!」

凍月が刀を掲げて叫ぶと、妖怪たちが一斉に舞台上の凍月を見た。

そしてすぐさま凍月に向かってくる。

凍月もすぐに舞台から降りて村の北側にある森に向かって走り出した。背後から「凍月!!」と玲太が叫ぶ声が聞こえたが、凍月は振り向かずに走り続ける。凍月が思った通り妖怪どもは黒髪の人間を狙っているようだった。

何体かの妖怪の気を逸らすことができればいいと思っていたが、ほとんどの妖怪が凍月を追ってきていた。

逃げる途中で村に飾られた提灯を一つ取る。

今日は晦日だ。月は出ていない。

提灯のほのかな明かりを頼りに夜道を走る。

しかし、凍月より妖怪の方が足が速く、大きな唸り声を上げて凍月に噛みつこうとする。

その瞬間、聞き慣れた鳴き声が聞こえたかと思うと、真っ白な物体が妖怪に突進し、角で妖怪を薙ぎ倒した。

「銀花！」

妖怪を倒した銀花は凍月に向かい合う。凍月が慣れた動作で銀花に乗ると、銀花は全てを理解しているかのように森に向かって走り出した。

先ほど凍月が鳴らした角笛は、銀花を呼ぶ笛だった。

雪鹿は見目の美しさが有名だが、その脚の強さも冬月国では知られている。人を乗せても馬と遜色《そんしょく》なく走ることができ、雪道であろうと力強く走り、崖では怯むことなく馬よりも速く駆け抜ける。

それに村の近くの森は、凍月と銀花にとって庭のようなものだった。たとえ新月の夜だろうと、夜目のきく銀花は迷わずに森の中を駆け抜けることができる。

凍月が後ろを振り向くと、妖怪たちは諦めることなく自分たちを追ってきているのが見えた。

「ごめんな銀花、巻き込んでしまって」

自分を乗せ走り続ける銀花に向かって小さくつぶやく。自分が囮となり村人たちから妖怪を離すために銀花を呼んだが、こんな危険なことに銀花を巻き込んでしまって後悔が募る。

妖怪どもがなぜ黒髪の人間を襲うのか分からないし、もしかしたら自分を捕まえるまで追ってくるかもしれない。銀花だってずっと走り続けられるわけじゃない。

いざとなったら、銀花だけは逃がそうと凍月は考える。妖怪どもが狙っているのは黒髪の人間だ。きっと雪鹿は襲わず銀花なら逃げきることができるだろう。

不意に銀花が鳴き声を上げて立ち止まる。「どうした?」と凍月が目を凝らして前方を見ると、闇の中に複数の赤い目が浮かび、こちらに向かって来るのが分かった。

森の中にも妖怪がいたのだ。

しまったと思いながら凍月は周囲を見渡す。妖怪どもに挟まれてしまった。横道に逃げたとして、森中に妖怪がいるのならどこにも逃げ場などない。

凍月は覚悟を決め銀花から下り、鬘を脱ぎ捨てると、腰に携えたままだった模擬刀を抜き取り構える。

「逃げろ銀花。お前だけなら逃げ切れる」

凍月は優しく銀花を撫でながら言うが、銀花はその場を離れる様子はない。そうするうちにも前方から妖怪どもが迫ってきており、凍月は刀を構える。黒い鬘を脱げば襲われないのではないかと淡い期待を抱いたが、興奮した様子の妖怪どもは鬘などに目も向けず、髪の色を見る様子もなく真っすぐに凍月に襲いかかってきた。

足の速い一体が口を開けて突進してきたので、凍月はなんとか避け妖怪の目を狙って刀を突く。しかし避けられ、また噛みつこうとしてきたので刀身で受け止めた。妖怪はそのまま刀身に噛みつき、剥き出しの牙が凍月に迫る。すぐに模擬刀の刀身にひびが入り壊れ、息つく間もなく妖怪は食らいかかってくる。

すると銀花が妖怪に突進し突き飛ばしたが、妖怪は体勢を立て直すとまた凍月に向かおうとし、銀花は妖怪の前に立ちはだかった。

「銀花！　逃げろ！」

凍月は叫ぶが、銀花は逃げる気配などない。銀花の元に行こうとしても後からやってきた三体の妖怪たちに囲まれ、凍月はその場から動くことすらできない。

「銀花!!」

妖怪が銀花に食らいつこうとしたのが見えて凍月は絶叫する。それと同時に自分を囲んでいる妖怪たちも、唸り声を上げながら一斉に襲いかかってきた。

ここまでか。

自分の命の限りを察し、銀花だけでも逃がそうと凍月は再度「逃げろ銀花!!」と叫んだ。

その時だった。

目の前で何かが閃《ひらめ》いたかと思うと、自分を囲んだ妖怪たちが断末魔の叫び声を上げた。

そしてすぐさま黒い霧となって消えていく。

「え？」

状況が何も理解できないまま凍月は黒い霧を見つめる。

すると霧の奥で黒い人影が素早く動き、目で追うとそれは銀花の方へと向かっていった。

人影は銀花と争っていた妖怪の方へ迷いなく進み、目にも留まらぬ剣速で妖怪を斬った。

妖怪は叫び声を上げながら黒い霧となって消えていく。

妖怪が消えていくのを見ながらその人物は刀を鞘《さや》に納める。銀花は威嚇するように身構えるが、その者は銀花を気にすることなくゆっくりと凍月の方を振り向いた。

澄み渡った東雲色の瞳に捉えられ凍月の心臓はドクリと鳴る。

艶やかな黒髪は腰に届きそうなほど長く、腰には脇差を携えており剣客のような出で立ちをしている。中性的で整った顔立ちをしており、一目見ただけでは男か女か判別がつかない。黒い着物に身を包んでいるためか、まるで闇に忍んでいるかのような印象を受けた。

凍月は困惑したまま目の前の少年から目が離せなくなる。

こんなことがあるわけない。

そう思うのに、なぜか心はどうしようもないほど震えていた。

会うのは初めてのはずだ。それなのに、凍月は今まで何度もこの少年に会った記憶がある。

少年も目を丸くして凍月のことを見つめていた。

二人ともしばらく呆然として見つめ合っていると、少年が張り詰めた瞳をわずかに揺らして口を開いた。

「ようやく見つけた……。私の神伴……！」

「……え？」

予想だにしない言葉に凍月は思わず呆けた声を出す。

みはん……神伴？

誰が誰の神伴だって？

聞き間違いだと思い凍月は聞き返そうとするが、少年は急に近づいてきて両手で凍月の肩を掴んだ。「え？」とまた呆けた声が出るが、少年は気にせず目を輝かせて「やっと見つけた！」と繰り返した。

「雪のような真っ白な髪に夜空を映し込んだような真澄の瞳。間違いない、私の神伴だ！」

少年は東雲色の瞳を淡く潤ませながら凍月の顔を覗き込む。

「え、ちょ、ちょっと待って!!」

凍月は困惑したまま少年の腕を振り払う。すると今度は少年が「え？」と驚いた表情になった。

「君は誰だ！」

「だ、誰だって……。うわ、痛っ!!」

興奮した様子の銀花が角で少年の背中をつつき始め少年は飛び退く。「落ち着け銀花」と凍月が銀花をなだめると、銀花は少年を睨みながらもなんとか静まった。

「な、なんだこの鹿、助けてやったというのに……」

少年は背中をさすりながら銀花と睨み合い、「俺をいじめてると思ったんだろ」と凍月は銀花を撫でる。

「で、君は誰なんだ？」

凍月が再度質問すると「あぁ」と少年ははっとしたような顔になる。

「そういえば今まで名乗ったことがなかったな。私は明時《あかとき》だ。季節を司る季節神の一人であり、お前の主だ」

明時と名乗った少年は真っすぐな瞳で凍月を見つめ言う。

少年が何を言っているのか理解できず、「は？」と凍月は声がもれる。

「だから、お前は私の神伴で……」

「いや、ちょ、ちょっと待て」

再び説明しようとする明時を凍月は制する。ただでさえ妖怪に襲われてなにがなんだかわからない状況なのに、さらにややこしいことになってきた気がする。

「君が神？　それで俺が神伴？　そんなわけないだろ、一体なにを言っているんだ？」

この少年が神であるなんて、凍月は到底信じることができない。嘘をつくにしてももっとましな嘘をつけと思うが、「え、嘘だろ」と明時は眉をひそめた。

「お前こそなにを言っているんだ？　夢路であんなに会っていただろ？」

「いや、知らないよ夢のことなんか」

凍月は額に冷や汗を浮かべながら否定する。内心、彼が夢で出会った少年であるとは凍月も気が付いていたが、それを言ってはいけない気がした。

「嘘つけ！　今朝だって夢で会ったじゃないか！　間違いなくお前は私のことを『俺の神だ』と言ったぞ！」

「だから、夢のことなんて知らないって！　一体なにを言っているんだ！」

凍月は鼓動を速くしながら必死に否定する。凍月も今朝の夢のことは覚えており、確かに彼のことを『俺の神だ』と言ったが、とにかく白を切った。ここで彼の言葉を肯定してしまっては、よく分からないことに巻き込まれそうな気がしたのだ。

「第一、神伴って生まれてすぐ天人が天上に連れて行くんだろ！　なんで今になって俺が神伴だなんて言ってくるんだよ！」

「それは私も不思議だった。どうやって天人の目を欺いたんだ？」

「いや、知らないって！」

質問に質問で返してくる明時に苛立ちながら凍月は答える。彼の言っていることが分からず、「天人の目を欺くってなんだよ？」とさらに問いかけた。

「天人は宝玉を手掛かりに神伴を捜すんだ。どうやって天人から宝玉を隠したんだ？」

「宝玉？　持ってないよそんなもの」

「嘘だろ!?」

明時は目を見開き声を上げる。

「持ってないわけないだろ！　宝玉は神伴が生まれながらにして手に握っているものだぞ？」

明時の言葉に、凍月は祖父母の話を思い出し「あ」と小さく声をこぼす。

「生まれたときはそれっぽいものを持っていたらしいけど、すぐに見失ったって聞いたことならある……」

「はぁ!?」

凍月が言い終わらないうちに明時はまた大きな声を上げる。

「宝玉は常に神伴と共にあるものだ。無くすなんてことはありえない。いったいどこにやったんだ!?」

「捜し回ったらしいけど、見つからなかったって家族が言ってた」

「見つからないわけないだろ！　宝玉は何があろうと必ず持ち主の神伴の元へと戻って来るんだ！」

「なら、俺が神伴じゃないってことだろ？」

「そんなはずない！　お前が私の神伴だ!!」

「なんでだよ！　勝手に決めつけるな!!」

終わらぬ押し問答に凍月は飽き飽きして怒鳴ってしまう。宝玉なんて今まで見たこともないし、自分が神伴だなんてあるわけがない。

不意に森の奥から唸り声が聞こえ、二人は言い合うのをやめ声の方向を向く。

「しまった、俺を追ってきた妖怪だ……！」

凍月は愕然とした気持ちでつぶやく。危機的状況だというのに、明時のせいで自分の置かれている状況を忘れていた。

「なに？　お前も妖怪に追われていたのか？」

「あぁ。村に急に妖怪の群れが現れて、俺が囮になって森の中に逃げ込んだんだ。君はあの妖怪について何か知っているの？」

「あれは私を捕まえるため終ノ神が放った下等の妖怪だ。まだいたのか」

明時は苦々しい表情で声を出す。衝撃の事実を聞かされた凍月は「君を捕まえるため？」と困惑して問いかけるが、「来るぞ、下がれ！」と叫ぶ明時の声にかき消されてしまう。

すでに妖怪は目前に迫って来ており、凍月はいつの間にか地面に落としていた提灯を掲げるが、提灯程度のほのかな明かりでは妖怪を退けさせることはできない。

明時は足を開き鞘に手をかけたかと思うと、目にも留まらぬ速さで抜刀し瞬時に妖怪を斬り伏せた。その後も妖怪たちが唸り声を上げ明時に襲い掛かるが、そのたびに黒刀が閃き妖怪を黒い霧へと変えていく。

「すごい……」

凍月は次々と妖怪を斬っていく明時の剣技に見惚れ思わずつぶやいた。「ぼーっとするな！　先に逃げろ！」と叫ぶ明時の声に我に返り、「君を置いては行けない」と返事をする。

「私は曲がりなりにも神だ。この程度の敵にやられはしない。それより、お前がいたらお前にまで気を使わなければならず集中が削がれてしまう。その鹿に乗れば妖怪どもは振り切れるだろう」

明時は息を切らし妖怪を斬りながら指示を出す。凍月もこの状況では自分が役に立たないことは理解していたが、それでも十体以上の妖怪を相手にしようとしている明時一人をこの場に置いていくのがはばかられた。

「君も銀花に乗って逃げよう。銀花は雪鹿だ。俺たち二人が乗っても平気で走る」

「無理だ、こいつらは私を追ってどこまでもついてくる。この場で方《かた》をつけるさ」

「でも……」

凍月が言いかけたとき、突如背後からも唸り声が聞こえた。凍月は口をつぐみ、後ろを向くと、森の奥からも妖怪どもが赤い目を光らせてこちらに向かって来るのが見えた。

「くそ、まだいるのか……！」

明時は顔をしかめ苦しそうにつぶやく。妖怪ども相手に明時はいまだ無傷ではあったが、明らかに疲れが見え始め剣速が遅くなっているのが分かる。

「逃げるぞ、乗れ！」

凍月は銀花に近寄り明時に向かって手を差し出すが、「無理だ、もう囲まれた！」と明時は首を振る。凍月は提灯を掲げ周囲を照らすと、いつの間にか八方から赤い目がこちらを見つめ近づいて来ていた。

「嘘だろ……」

凍月は絶望しながらつぶやく。自分たちを囲む妖怪はざっと数えただけでも三十体はいる。逃げ切れるわけがない。

「私の後ろに下がれ!!」

明時は目を鋭く光らせ凍月をかばうように前にでる。こんな状況であるにも拘わらず、明時は諦める気など更々ないようだった。自分のことだけで精一杯だろうに、なぜ今さっき会ったばかりの人間をかばうことができるのか凍月には分からない。

「無茶だ！　死んでしまう！」

「大丈夫、私は死なない!!」

明時は強く叫び刀を構え向かってくる妖怪を斬り捨てる。しかし、多勢に無勢だ。目の前の妖怪を相手にする隙に別の妖怪が死角から明時を襲い、ついに一体の妖怪が明時の右腕に深く噛みついた。明時は顔を歪ませ、低く唸りながら右腕に噛みついた妖怪を振り払うが、次々と襲い掛かる妖怪どもに明時は体勢を崩し倒される。

このままでは明時が食い殺されてしまう。

凍月の顔からさっと血の気が引いていき、必死の抵抗を続けている明時を助けようと何か武器になるものはないかあたりを見渡すが、何も見つけられない。

そうこうしているうちにあとからやってきた妖怪が凍月を見つけ、束になって襲い掛かってくる。

せめてもの抵抗として木の枝を折り妖怪に向かって突き付けるが、そんなもので妖怪は止まらない。鼓膜が破れそうなほどの咆哮《ほうこう》を上げる妖怪どもに凍月の体が震えるが、ただでは死ぬものかと覚悟を決め妖怪どもを睨み返した。

妖怪が大きな牙を剝き出しにし、凍月に噛みつこうとした瞬間、妖怪とは別の唸り声が聞こえた。そして白い影が閃き妖怪の喉元にかみつくと、その影は喉元を噛みちぎり妖怪は耳障りな悲鳴を上げ霧となって消えていった。

「ハチ!?」

凍月は信じられない思いで正面に立つ愛犬の名を叫ぶ。

どうやら凍月のあとを追ってここまで来たようだった。

ハチは今までに聞いたこともないくらい激しく吠え続け妖怪どもを威嚇している。突如現れた犬に妖怪どもも警戒しているのか凍月から少し距離を置いたが、すぐにまた襲い掛かってきた。

ハチは老犬とは思えぬ身のこなしで襲い掛かる妖怪をかわし、勇敢に立ち向かっていく。鋭い爪で引っ掻いてこようとした妖怪の脚に噛みつき怯ませ、噛みついてこようとした妖怪の頭をかわし胸元に入るとそのまま喉元を噛みちぎり撃退していった。

「無茶だハチ、敵いっこない!!」

凍月は悲痛な思いで叫ぶが、ハチが止まる気配はない。ハチは勇ましく吠え猛りながら主を守るため妖怪どもに食らいかかっていく。

しかし数の力には敵わない。

ついに一体の妖怪の爪がハチを捉え、首から腹にかけて引き裂いた。

ハチの体から噴き出す血しぶきを見ながら「ハチ!!」と凍月は絶叫する。

その瞬間、ハチの体から眩い真っ白な光が放たれた。

目が眩むほどの光は周囲を照らし、瞬く間に妖怪どもは叫び声を上げる間もなく黒い霧となって消えていく。

光は刹那の間に消え、あとに残されたのは呆然と立ち尽くす凍月と、傷だらけでなんとか刀を構えている明時と、血を流しながら倒れているハチだけだった。

「ハチ……？」

凍月は声を震わせながらハチに近づいて行く。両膝をつきハチを覗き込むが、すでに息絶えておりぴくりとも動かなかった。ハチから流れ出る血は徐々に雪を赤く染め上げていく。目の前の現実を受け入れることができず、凍月はもう一度「ハチ」と呼ぶが返事はない。ふとハチのすぐ近くに珠が落ちていることに気付き、凍月が触れた瞬間その珠は淡く輝き出した。

「宝玉だ……！」

よろめきながら近づいてきた明時は凍月の持っている珠を見て目を見張る。

「それが神伴のみが持つ宝玉だ。一体どこにあったんだ？」

「……たぶん、ハチの体内から出てきたんだと思う。妖怪がハチの体を裂いて出て来たから……」

「……この犬が呑み込んでいたというのか」

明時は凍月の隣にしゃがみ込み、信じられないといった様子でハチの遺体に視線を向けた。

「……ハチは、俺が生まれる前からうちで飼っていたんだ。俺が生まれたときに落とした宝玉を呑みこんじゃったんだと思う。だからどこを捜しても見つけられなかったんだ」

凍月は祖父母が語った自分の生まれたときの話を思い出しながら言う。ハチが呑み込んでいたのならば、家族が捜し回っても見つからないわけだ。ハチの体内にあったにも拘わらず、宝玉は一切の穢《けが》れもなく輝いている。

「……さっきの光はこの宝玉の力なの？」

「そうだと思う。宝玉は持ち主の神件によって宿す力が違うんだ。おそらくこの宝玉には妖気を浄化する力があるんだろう。おかげで妖怪どもを一掃することができた」

「そっか……」

凍月は右手の手のひら上で白色に輝き続ける宝玉を見つめながら、憮然とした面持ちでつぶやく。明時の言葉が、何一つ現実味を帯びないまま凍月の耳を通り過ぎていく。

「……素晴らしい犬だ」

明時は凍月の顔を覗き込んで言う。

「この犬が宝玉を呑みこみ守っていたから、天人はお前を見つけ出すことができなかったんだ。最期まで主のために戦い、見事に守り切った。これほど素晴らしい犬はアマックニ中を探してもいないだろうさ」

明時は凍月を見つめながら優しく声をかけた。慰めの言葉だとは分かっていても、明時の澄んだ言葉は抵抗なく凍月の心に沁みわたり、胸の奥がじんと温かくなる。

「……ずっと一緒にいてくれたんだ」

凍月は声を震わせながら言葉を継ぐ。声を出すたび、ハチとの思い出が頭の中に次々と浮かんでくる。

「生まれたときから、ずっと一緒にいてくれた。父さんと母さんが病気で亡くなって、誰にも見られないように森に隠れて泣いていたときも、必ず俺を見つけ出して寄り添ってくれた。もう年老いて、動くのもやっとだったのに、最期に力を振り絞って俺を守ってくれたんだ……」

気付けば凍月は、静かに涙を流していた。止めようと思っても、一度あふれてしまえば止めることはできなかった。いつの間にか銀花もすぐそばまで近付いてきており、悲しげな声色で小さく鳴いた。

肩を震わせてしゃくりあげる凍月の背を、明時はぎこちない仕草で優しく撫でる。明時の無言の思い遣りが凍月にはありがたかったが、いつまでもここで泣いているわけにはいかないと涙を拭い顔を上げた。横を向くと、眉を下げ心配そうな表情で自分を見つめる明時と目があった。

「……少し落ち着かせてくれないか。ハチを埋葬したいんだ。このままにはしておけない」

明時はすぐに「あぁ」と頷き、凍月は近くにあった木の下を素手で掘っていった。雪をどけ、凍てついた土に手をかけるとすぐに指先はかじかんでいったが、凍月は無心で掘る。

「手伝おう」と明時は言い、凍月の横に並んで土を掘り始めた。

ある程度掘ったらそこにハチを横たえ埋葬する。凍月は土や血で汚れた手を雪ですすぎ、赤くかじかむ手を合わせ目を閉じた。凍月の横で、明時も同じように手を合わせてくれる。

「……君は本当に季節神で、俺は君の神件なのか？」

凍月は目を開け明時に問いかける。「あぁそうだ」と明時は曇りのない瞳で返してくる。嘘を言っているとは思えない表情だった。

信じたくはないが、ハチが死に、その体内から不思議な力を秘めた宝玉が出てきた以上受け入れざるを得ない。

「教えてくれ、明時。俺が何をすればいいのか、君がなぜ妖怪に追われていたのかを」

凍月は続けて明時に問いかける。この短時間で色んなことが起きすぎていまだ頭は混乱していたが、少しずつ疑問を消していきたかった。

「まず、お前の名を教えてくれないか？」

明時に言われ、そこでようやく自分が名乗っていないことに気が付いた。

「凍月だ」と端的に答えると、明時は東雲色の瞳をわずかに輝かせ、「いつき……凍月か」と噛みしめるようにつぶやく。そして険しい表情になり話し出した。

「私は十二月《じゅうにつき》ある暦の月のどれにも当てはまらない十三番目の神だ。異端の神として終ノ神に捕らえられていたが、お前を見つけるため逃げてきた故、妖怪どもに追われていた」

思いもよらぬ話に「十三番目の神……？」と凍月は眉をひそめる。

「どういうことだ？　君はどの月も司ってはいないの？」

「あぁ、そうだ。……終ノ神はどの月も司らず、神伴すらいない私を災厄を招く邪神だとみなし、幾度も殺そうとした。だが、私は邪神ではない。それを証明するため私の神伴である凍月を捜し、自分が生まれた意味を知るためここに来たんだ」

あまりにも大きな話に凍月はさらに困惑した。目の前にいる少年が邪神だとみなされているということも、その邪神の神伴が自分であるということも全く理解できない。

「……その終ノ神って誰？」

「十二月を司る神だ。何においても自分が正しいと思っている男でな、私にとってはあいつの方が邪神に思える」

明時は顔を歪め忌々しげに言い捨てるが、天上にいる神のことなど何も知らない凍月は「そうなんだ……」と曖昧に頷くことしかできない。

「頼む凍月、私と一緒に来てくれ。私が存在する理由を探しに行こう」

明時の張り詰めた美しい瞳に見据えられ、凍月の背がぞくりと震える。予期せぬ申し出に何と答えればいいか分からず、凍月は目を泳がせ言葉を探す。

「探しに行くって……君はその終ノ神に追われているんだろ？」

「そうだ……こうしているうちにも新たな追手が放たれるだろう。危険な旅になることは承知している。それでも自分の存在理由が知りたいんだ。……邪神と呼ばれ、檻の中に閉じ込められて死を待つだけの運命などごめんだ」

明時は苦々しい表情をして言う。重い言葉に、これまでの彼の境遇が分かるようで凍月は胸が詰まる。明時の気持ちも分かり同情もするが、申し出を受け入れることはできなかった。

「そんなの無理だ。俺にだって生活がある。家族や仕事を放って君についていくなんてできないよ」

凍月は家族を頭に浮かべながら言うと、明時は眉を上げ驚いたような表情を見せる。

「なぜだ。お前は神伴なんだぞ。主の命を聞けないというのか」

まるで自分の主張を受け入れることは当然だとでも言うような口調に、凍月は少し苛立ってしまう。

「今しがた会ったばかりのやつの言葉なんて、簡単に信じられるわけがないだろ」

棘を含んだ言葉を投げれば、明時は厳しい視線で凍月を睨みつけた。

「信じるもなにも、お前が神件であることは変わらない。四季神から与えられた自身の役目を放棄することはできないぞ」

強い口調で言われ、凍月はまた背中が震える。神件だの役目だの言われても、何一つ実感が湧かない。それに、いまだ凍月は明時のことを信じきれないでいた。先ほど出会ったばかりの得体の知れない少年に付いて行こうと思えるほど、凍月は向こう見ずではなかった。

「……一度村に戻りたい。もしかしたら妖怪がまだいるかもしれない。家族が無事であることを確認してから君についていくかどうか決める。話はそれからだ」

凍月が不信感を隠して言うと、明時は険しい表情をしながらも「分かった」と頷いた。

明時について行く気はさらさらなかったが、家族のことが心配なのは本当だった。

いつの間にか落としていた提灯の火はとうに消えていた。しかし、手に持った宝玉が輝き続けているおかげである程度周囲が見渡せる。これなら夜道も進めるだろう。

凍月が先に銀花に乗り明時に向かって手を差し伸べる。明時が凍月の手を掴もうとすると、銀花が威嚇するように頭を振り「うわっ」と明時は手を引っ込めた。

「……こいつ、私に厳しくないか？」

明時は警戒しながら凍月の手を借り銀花に乗る。「初対面の相手にはいつもこんな感じだよ」と凍月が答えると、「そうか……」と明時はどこか納得していない様子でつぶやいた。

凍月が銀花の脇腹を軽く蹴ると、銀花は迷いなく村へ向かって駆けだした。


凍月が囮となり妖怪どもを引き連れ森に逃げたあと、雪鹿衆の村は混乱を極めていた。

村人たちは怪我人の手当てをし、荒れ果てた祭り会場を片付けながら、あの妖怪の群れは一体なんだったのかと不安を抱いた様子で口々に言い合った。

「兄ちゃんを捜してくる！」

真冬は祖父母に向かって言い、森に消えた兄の凍月を捜しに行こうとする。

「駄目だ！　こんな暗闇の中森に入るなんて迷いに行くようなもんだぞ！」

祖父は真冬の腕を掴み引き留める。「でも、兄ちゃんと銀花とハチが……‼」と真冬は声を震わせながら祖父を見つめるが、「駄目だ」と祖父は頑として真冬の腕を放そうとしない。

「凍月なら大丈夫だ。あいつはこの村一番の鹿乗りだ。銀花がいりゃ、妖怪なんぞに追いつかれるものか。ハチも凍月を追いかけて行ったが、もう老犬だ。森の入り口あたりで疲れてそのうち帰ってくるだろうさ」

祖父は黒色の強い瞳で真冬を見据え言い聞かせる。「そうよ、あんたまで行かないでおくれ」と祖母が目を潤ませ言うものだから、真冬は「分かった……」と頷くほかない。

兄は、昔から自己を犠牲にしてでも人を助けようとする性格だった。

今だって妖怪たちに勝算があるわけではなく、ただ村人たちを助けるために囮となり森に逃げたのだろう。そんな兄のことが心配で仕方ないが、今はただ無事で帰ってくることを願うしかなかった。

「お、おい。また何かが近づいてくるぞ」

舞台の残骸を片付けていた男性の一人が村の南側を指さし焦った様子で言う。村人たちは手を止め、皆男性の指さした方向を見遣った。

村の奥からいくつもの松明の火が揺らめいているのが見える。炎はだんだんと近付いて来て、やがて松明を持ち向かってくるのが真っ白な衣装に身を包んだ見知らぬ集団であることが分かった。

村人たちは戸惑いどよめきながらも、ただ近付いてくる集団を見つめることしかできない。すぐに集団は村にたどり着き、村の中央に集まっている村人たちの方へ近づき向かい合う。

「ここが雪鹿衆の村で間違いないな」

集団の先頭に立つ、ひと際立派な服を着た代表格の男が威圧的に問いかける。前に出た村長が「そうですが、あなた方はどなたですか?」と尋ねるが、男は答えずじろじろと村を見渡した。

真冬は黙って突然現れた男たちを見つめていたが、集団の後ろに黒い影が蠢《うごめ》いているのが見えて思わず「えっ」と声がもれる。

先ほど村を襲った妖怪と同じ姿をした妖怪たちが、縄に繋がれ男たちに連れられていたのだ。他の村人たちも気付いたらしく、低く唸っている妖怪を見て悲鳴を上げている。

「……あの妖怪たちはあなた方が連れて来たのですか？」

村長は険しい表情でさらに問いかけるが、男は「お前たちには関係のないことだ」と冷たく言い放つ。「関係ないって……先ほどこの村は妖怪に襲われ被害が出ているのですよ」と村長は怒りを滲《にじ》ませるが、男たちは無言で村長を睨みつけ答えようとしない。

（なんなのこの人たち……）と、真冬は抑圧的な態度の男たちに苛立ちを覚える。

「我々は天人だ。この村の者たちが神伴を匿っているとの情報が入り地上へと降りた次第だ」

男は淡々と言い、村人たちのどよめきは大きくなっていった。

「我々の目を欺いた罪は重いぞ。このまま大人しく言うことを聞けば見逃してやるが、隠し立てすればどうなるか分かっているな。この村一つ消し去るくらい造作もないのだぞ」

辺りは静まり返り、村長は「そ、そんな……」と動揺を隠せない様子で声を震わせた。

「この中に今年十六歳になる者はいるか」

男は村人たちを見渡しながら問いかける。

真冬の指先が小さく震え出す。天人が捜しているという十六歳の神伴に、心当たりがあるのだ。

村人たちは顔を見合わせたあと、ためらいがちに玲太に視線を向ける。

「俺ですが……」と玲太がおずおずと手を挙げると、天人の男は眉根を寄せ「他にはいるか」とさらに問う。村人たちはこの場にいない凍月も十六歳であることに気付いていたはずだが、誰もそのことに触れなかった。

「ならば、お前が神伴だな。天上に連れて行く」

代表格の男が言うと、周りにいた男たちが動き玲太を取り囲む。

「ち、違う、俺じゃない！」と玲太は抵抗するが、男たちは玲太の腕を掴み無理矢理引っ張って行こうとする。

「待ってください！」

真冬はとっさに声を上げる。目の前で従兄が理不尽に連れ去られていくのを、ただ見ていることはできなかった。皆の視線が一気に真冬に集まるが、真冬はひるむことなく言葉を続けた。

「神伴は宝玉を持って生まれてくるのでしょう？　彼が本当に神伴ならば宝玉を持っているはずです」

代表格の男はぴくりと眉を上げ、ぎろりと真冬を睨みつけた。足が震え出すが、真冬は必死に男を睨み返す。

「……貴様、なぜ神伴が宝玉を持って生まれてくることを知っているのだ」

低く響くような男の声に、真冬の心臓は冷や水を浴びせられたかのように急速に冷えていく。自分がとんでもない失言をしてしまったことに気付いたが、もう取り消すことはできない。「噂で聞いたことがあるからです」で真冬は冷や汗を浮かべながら答えるが、代表格の男は真冬に近付くとじろりと顔を見つめる。

「……その白い髪、雪髪か。冬の神々の神伴には雪髪が多いことは知っているか？」

男は冷たく言うと、玲太を囲っていた男たちが真冬を囲い込む。

「この娘を連行しろ！」

代表格の男が言った途端、男たちは真冬の腕を強く掴む。鈍い痛みに「放して！」と真冬は振り払おうとするが、真冬の力では男たちはびくともしなかった。

「ま、待ってください！　この子は十五歳です！」

祖母は悲鳴のような声を上げ、祖父とともに男たちを真冬から離そうとするが、男たちは「邪魔だ！」と二人を押しのけ祖母は地面に倒れ込んだ。「おばあちゃん！」と真冬は叫び、「何をするんだ！」と祖父は祖母を護るが、代表格の男は忌々しそうに顔を歪め祖父母を睨みつける。

「年齢などいくらでも誤魔化せるだろう！　さては、今までもそうやって我々の目を欺いていたのだな？」

男は冷ややかな眼差しで祖父母を見下し、腰に携えた刀に手をかけ抵抗しようとする祖父母に追い討ちをかけようとする。

「待って！　あなたたちについて行きます！　だからもう村の人たちに手を出さないで！」

真冬は男を見上げ訴えかけると、男は手を止めフンと鼻を鳴らしそのまま真冬を連れて行こうとする。

「しかし、この者は宝玉を持っていないようです」

別の男が水晶のようなものを真冬の目の前に差し出しながら言う。

「あの異端の神の神件だ。宝玉を持っていない異端の神件であったとしてもおかしくはあるまい」

代表格の男が抑揚なく言うと、「そうですね」と男は軽く頷き水晶を懐に戻した。

「待って！　何かの間違いです！　その子を連れて行かないで！　真冬、真冬!!」

祖母は涙を流しながら叫び男たちを追おうとするが、祖父が「駄目だ、あいつらは武器を持っている。何をされるか分からん！」と必死に祖母を止めた。村長や村人たちも抗議するが、男たちは刀を構えて村人たちを抑制し始めたので、誰も真冬に近付くことができなかった。

男たちに囲まれ、真冬は大人しくついていくことしかできない。心の中では不安と恐怖が渦巻き、今すぐにでも「助けて」と声を上げ逃げ出してしまいたかったが必死にこらえた。

自分が抵抗し逃げ出せば、村人たちが酷い目に遭い、村が消されてしまうかもしれない。

自分一人が犠牲になればいいのだと分かっていても、背後から自分を呼ぶ祖母の声が聞こえるたび、真冬は涙が込み上げてくる。

先ほど囮となり森へと逃げた兄を思い出し、兄ちゃんもこんな気持ちだったのだろうかと真冬は心の中で独り言つ。

きっと本物の神件は兄だ。

生まれたとき宝玉を持っていたらしいし、十六歳であるし、神件の条件が揃っている。

運はいいのか悪いのか、この場にいなかったため天人たちに見つからずに済んだ。

兄ちゃん、どうか助けに来て。

震える胸をなんとか落ち着かせながら、真冬は森に消え安否も分からぬ兄に祈るしかなかった。


明時を連れて村に戻ってきた凍月は、異様な雰囲気に言葉を失う。

村の中央に村人たちが集まり、見たこともない白装束の男たちと向かい合っていたのだ。

「しまった、天人」

明時ははっとして凍月の腕を掴み家の陰に身を潜める。

「え、あいつらが天人なの？」

「あぁ……。私を追ってここまで来たのか……」

明時は顔をしかめてつぶやく。「あれが天人……」と凍月は初めて見る天人たちに釘付けになる。見た感じ、普通の人間となんら変わらないように思える。

一体なんの会話をしているのかこの距離では分からずしばらく様子を見ていたが、やがて村人たちのどよめきが大きくなり、真冬が天人たちに連れて行かれるのが見えた。

「真冬！」

凍月の体が反射的に動くが、「待て！」と明時に腕を掴まれ制される。

「馬鹿！　今飛び出していったら捕まるぞ！」

明時は声をひそめ言うが、「じゃぁここで黙って見てろっていうのか!?」と凍月は明時の手を振り払おうとする。

「相手の人数を見ろ、二十人以上いる。武装しているし、まず敵わない。逆に私たちまで捕まって終わりだ」

明時は凍月を体ごと抱きしめ必死で止める。「でも、真冬が……!!」と凍月は真冬を見遣る。こうして言い合っている間にも真冬はどんどん離れていってしまう。

「彼女は何者だ？」

「俺の妹だ。あいつら、なんで真冬を連れて行くんだ……!?」

「……たぶん、お前と間違えているんだ。お前の妹を神伴だと勘違いしているんだろう」

「は!?　なんで!?」

「分からない」

二人は困惑して顔を見交わす。今すぐにでも真冬を助けに行きたかったが、明時に止められ凍月は唇を噛み締め真冬を見つめる。天人たちは刀を構え村人たちを抑制し、祖父は倒れた祖母を庇っている。

不意に祖父が振り向き、目が合った。

凍月がここにいることに気付いたのか、それとも偶然なのかは分からない。

凍月が祖父を見返すと、祖父は強い眼差しで凍月を見つめたまま口だけを動かした。

『行け』

そう言われた気がして凍月は体をこわばらせる。

すぐに祖父は凍月から目を離し、二度と振り向かなかった。

今自分がすべきことを悟り、凍月は拳を握り締め明時を見る。

「……逃げよう」

凍月は絞り出すように声を出し、明時は一瞬目を丸くしたが「あぁ」とすぐに頷いた。

二人は身を低くし陰から陰へ隠れながら森へと向かう。森の入り口近くで待っていた銀花に乗ると、そのまま森の中を駆け抜けて行った。

冬夜の森は静寂を極めていたが、背後から鳴き声が聞こえたかと思うとどこからか妖怪どもが現れ二人を追ってきた。「しまった、残党がいたか」と明時は口を歪め、「速度を上げる、舌を噛むからしゃべらない方がいい」と凍月は言って銀花の脇腹を軽く蹴った。

銀花は速度を上げ、どんどんと森の奥へと進んで行く。森はやがて山へと繋がり、粉雪も降り始め視界は悪くなっていくが、この程度で銀花は止まらない。

凍月はかじかみ感覚が無くなりつつある手で必死に銀花の手綱を握った。

だんだん傾斜がきつくなり山も深くなっていくが、妖怪どもは諦めずに凍月たちを追い続けている。

やがて白く霞《かす》む闇の先にそそり立つ崖が現れ、明時はひゅっと息を呑む。

「おい、行き止まりだぞ。どうする気だ」

崖が見えているにも拘わらず、速度を緩めることなく一直線に崖に向かって行く凍月に明時は困惑した声を出す。

「いいから黙ってろ！　舌を噛むぞ！」と凍月は声を荒げ、銀花を信じて崖へと突っ込んだ。

銀花は切り立った崖のわずかな足場に蹄《ひづめ》をかけると軽やかに崖を登っていく。

まるで飛んでいるかのように登っていく銀花はあっという間に崖の上までたどりつき、明時はぽかんと目を開け、今しがた登ってきた崖の下を覗き込んだ。

崖の下では追ってきた妖怪どもがうろうろとさまよっており、なんとか登ってこようとするものもいるが、登りきる頃には朝になっているだろう。

「……この鹿は神鹿《しんろく》かなにかか？」

明時は呆然とした表情のまま問いかける。「俺の愛鹿だ」と凍月が答えると、銀花はまた走り始めた。

しばらく森の中を進むと、古びた小屋にたどりつく。近隣の村の者たちが利用する猟師小屋であり、最低限寝泊まりすることはできる。夜が更け、雪も降り出したこの状況であてもなく森の中を進むことは危険だと判断した二人は、銀花から下りると小屋の中へ入ることにした。

銀花を外で待たせても大丈夫なのかと明時に問われたが、雪鹿は寒さに強くこの程度で凍えはしないと凍月は返して銀花をいたわり撫でた。

「ありがとう、お前のおかげで逃げ切ることができた」と凍月が優しく言うと、銀花は心地よさそうに凍月の手に擦り寄った。

凍月は懐から宝玉を取り出し小屋の中を照らすと、囲炉裏の横に火起こしの一式があるのを見つけ、慣れた動作で火打石を打ちつけ囲炉裏に火を灯した。その様子を、明時は物珍しげに見つめている。

「なんであいつらは真冬を神伴だと勘違いしたんだ？」

囲炉裏で暖をとりながら凍月はぽつりとつぶやく。

「……私が天上から逃げた理由が神伴を捜すことだと勘づかれたんだろう。私が逃げた先に村があり、お前の妹がいたから連れていったんだ。……理由は分からないが、きっと彼女もお前と同じ雪髪で、彼女以外に神伴らしき者がいなかったからだと思う」

「え？　そんな理由で？」

「……本当の理由は分からないが、あり得ると思う。疑わしきは罰せよというような奴らだからな……」

明時は囲炉裏の火を見つめながら静かに言い、「そんな……」と凍月は絶句する。あまりにも横暴な振る舞いである。

「真冬はどうなるんだ？」と凍月は明時を見て問いかけるが、明時は火を見つめたまま眉を寄せ、言いづらそうに口を開いた。

「……処刑される可能性が高い」

「はぁ!?」

凍月は思わず大声を上げてしまう。明時は凍月に視線を移し、暗く沈んだ声で話し始めた。

「終ノ神は、異端の神である私を殺そうとしている。しかし、神は何があっても死ぬことはない。病にかかることはなく、人間であるならば即死の傷を負ったとしてもしばらくすれば復活する。……だが、神を殺す方法は二つある。一つは神伴が特殊な神器で己の神を殺すこと。もう一つは神伴が死ぬことだ。神伴が死ねばその神伴の神も死に、逆に神が死ねば神伴自身も死ぬことになる。神と神伴は一蓮托生の関係なんだ」

凍月はドクドクと早鐘を打つ鼓動を押さえながら明時の話を聞く。真冬が殺されてしまうという恐怖と焦燥感で頭がいっぱいだったが、必死で明時の話を理解しようとした。

「私を殺したいならば、私の神伴であるお前が私を殺すか、お前が死ぬしかない。しかし、お前の妹が神伴と間違えられて連れて行かれたのならば、終ノ神は勘違いしたまま妹を処刑しようとするだろう。神伴を殺す方法は一つしかない。『御魂斬《みたまぎり》』と呼ばれる神器で神伴に致命傷を負わせるんだ。神伴じゃなくても、普通の人間がそれで斬られればひとたまりもない」

「そんな……、どうすればいいんだよ」

「……お前が本物の神伴だと証明するしかない。その宝玉を見せれば終ノ神も納得するだろう。だが、お前が殺されることになるぞ。……その前に、終ノ神に会うとなれば天上に行かなければならないが……」

「天上に……？」

凍月は声を失う。途方もない絶望感だった。

どうやって天上へ行けばいいというのか。行ったところで、終ノ神とやらに納得してもらえるのか。

そもそも、天上へ行こうとしている間に妹は処刑されてしまうのではないか。

色んな考えが頭の中をぐるぐると巡り、凍月は眩暈を起こしかける。

「……天上へ行く方法に心当たりはある。だが、このまま策もなく行っても私たちは捕まって終わりだ。まずは私が存在する理由を探し、邪神ではないという証拠を見つけたい。一緒に来てくれないか」

「……真冬が処刑されるかもしれないのに、悠長にお前の存在意義を見つけろだって？第一、真冬も、ハチも、村も、こんなことになったのはお前が逃げて来たことが一番の原因じゃないか……!!」

凍月は声を震わせ怒声を上げる。今日だけで村は妖怪に襲われ、ハチは死に、真冬が攫われると様々なことがあったが、その全ての元凶が目の前の男が天上から逃げて来たからだと思うと怒りがあふれて止まらなかった。

「お前が来なければ、何も起こらなかったのに……!!」と凍月が言葉を吐けば、明時は口をつぐみ、凍月から目をそらして囲炉裏の火に視線を投げた。凍月も言葉を継げないまま囲炉裏の火に目を向ける。怒りを明時に向けたところでなんの解決にもならないことは分かっていた。それでも、明時が来なければよかったのにという思いが心の中を渦巻いていく。

「……すまない」

押し黙ったままの明時がぽつりと声をこぼす。すると、凍月の心に刃物で切られたかのような痛みが走り、冷たい感情が激流のように流れ込んできた。まるで明時の心と自分の心が共鳴しているかのようだった。

明時の今までの境遇を想い凍月は胸が詰まる。

自分が生まれた意味も分からないまま邪神とされ天上に捕らわれ、幾度も殺されかけた。唯一の味方であるはずの神伴を捜すため危険を承知で地上へと降りたのに、その神伴にすら拒絶された。

そんな明時の孤独を想えば憐れみの情も湧いてくるが、だからといって怒りが収まることはなかった。

「……謝ったからといって、現状が変わるわけじゃないだろ」

凍月は声を振り絞る。明時の方に顔を向けると、明時も顔をこちらに向けており目が合った。

「謝罪はいらない。俺がするべきは、真冬を助けることだ。君が邪神だとか、俺が神伴だとか、正直どうだっていい。今はとにかく、俺と間違われて連れて行かれた真冬を是が非でも助けなきゃいけない」

凍月は強い意思を持って言葉にする。胸に灯った怒りの炎が凍月の原動力となっていた。

「俺を天上に連れていけ」

凍月がはっきりと言うと、明時は目を見開いて凍月を見返した。

「……終ノ神に立ち向かうことになるぞ。他の神々も私たちを受け入れてくれるかは分からない」

「それがどうした。その終ノ神とやらに、勝手なことをするなと怒鳴ってやるさ」

凍月は怒りのままに返す。終ノ神がどんな存在なのかまるで分からないが、真冬を取り戻すためだったらどんな相手にでも立ち向かえると思えた。明時は驚いた表情のまま凍月を見つめていたが、やがてふっと口元を緩めた。

「……さすがは私の神伴だ」

感嘆の声をもらす明時に、凍月は思わず眉をひそめてしまう。

「……まだ君の神伴になるとは決めてないぞ。自分の運命くらい、自分で決める」

事の成り行き上明時と行動を共にすることに決めたが、だからといって神伴として共にいようとは露ほども思っていなかった。そんな凍月の様子に明時は笑みをこぼす。

「自分で運命を決めるか……。本当に面白いやつだな」

「……なにか文句でも？」

「いや、それでいい。私も自分の運命は自分で決めたい」

明時はまっすぐに凍月を見据え言う。その美しい東雲色の瞳の奥に秘めた彼の孤独がやわらいだような感覚がし、凍月は不思議な気持ちになる。

「……さっき言ってた天上へ行く心当たりってなに？」

「……神々の中で、唯一私の味方をしてくれた神がいる。七月の神である『雷鳴ノ神』でな、かの神なら事情を話せば天上に行く手助けをしてくれると思う。雷鳴ノ神はよく地上に降り、夏陽国《かようこく》にある学舎に天人のふりをして訪れているそうだから、そこに行けば会えるかもしれない」

「夏陽国……!? 馬で順調に行っても十日以上かかるぞ……！　その間に真冬が処刑されるんじゃないのか!?」

夏陽国はアマツクニのはるか南にある国だ。北にあるこの冬月国とは対極の位置にあり、徒歩で、しかも終ノ神の追手から逃れながら行くとなると二月《ふたつき》は絶対にかかる。

「まだ大丈夫なはずだ。神器である御魂斬はいつでも易々と使えるものじゃない。神々が季節と季節の移ろいを執り行う『移季《うつりき》ノ儀』にしか使用することができない。冬から春へと変わる儀は今日だったが、明朝には終わってしまっているから今から処刑はされないだろう。次の移季ノ儀は春から夏に変わる時で、四月の晦日の正午だ」

「それでも三ヶ月しかないのか……」

凍月はまた絶望を感じる。

会えるかどうかも分からない雷鳴ノ神を頼って、なんとか夏陽国まで行かなければならない。三ヶ月以内に無事に夏陽国にたどり着けるかは分からないし、その雷鳴ノ神に会えたとしても協力してくれるか分からない。ほぼ賭けのような旅だ。

それでも、雷鳴ノ神に会うしか方法がないなら賭けるしかない。

「行くしかない」

凍月は覚悟を決めつぶやく。

このまま迷っていても仕方がない。真冬を助けるためには、進むしかないのだ。

「あぁ」と明時も頷いたあと、部屋は静寂に包まれる。ぱちぱちと囲炉裏の火がはぜる音と隙間風の音だけが凍月の耳に届いていた。

「さっきはごめん。言い過ぎた」

怒りが収まり、ようやく冷静になった凍月はぽつりと謝る。

「……いや、私のせいだ。もっとこうなることを予測して行動しなければいけなかった。村が襲われたのも、犬が死んだのも、お前の妹が攫われてしまったのも本当に申し訳なく思う」

明時は静かに返す。その清冽な声に、明時が心から申し訳ないと思っているのが分かった。

凍月も明時が根本的な原因ではないと重々承知していた。真に凍月が怒りを向けるべきは、妖怪を放ち真冬を連れ去った終ノ神だ。

明時はただ、自分の運命を決めようと必死に生きているだけなのだ。

「全部悪くはないさ。君の非は七割くらいだ」

凍月が言うと、明時は顔をしかめ「私の非、多くないか？」と不満をもらす。「そう？」

と凍月が返すと、明時は眉を下げ苦笑するので凍月もつられて笑ってしまう。

その後、明日に備え眠ることにし、囲炉裏のそばで横になった。

今日だけで色々ありすぎて随分疲れていたので、凍月は目をつぶっただけで眠れそうだった。

どうか無事でいてくれよ、真冬。

絶対に助けてやるからな。

そう心の中で決意し、凍月は深い眠りへと落ちていった。


天人に連れられた真冬はこれからどんな目に遭うのかと恐怖を抱いていたが、思いのほか悪い扱いはされなかった。

雪鹿衆の村からしばらく歩かされると、道の開いたところに見たこともないほど豪華な牛車がいくつもとまっており真冬は目を丸くする。しかも牛車を引いているのは牛ではなく、烏のような翼を持つ巨大な黒い獅子であり真冬はさらに驚いてしまう。

そのうちの一つに乗るように言われ、真冬は代表格の男と共に乗り込んだ。

すぐに牛車はふわりと浮いて真冬は「うわっ」と声を出してしまう。隣に座る男から冷ややかな目で見られたので、真冬はぐっと言葉を呑み込み平静を装った。

男に詰問でもされるのではないかとひやひやしていたが、男は一言も話さないどころか真冬を見ようともしなかった。

車内に張り詰めた空気が流れ、真冬は男のことは気にしないように努めた。今まで感じたことのない浮遊感に酔いそうになるが、意外とすぐに慣れた。飛んでいるということは、天上に連れて行かれるのだろうかと真冬は思う。

永遠にも思える時間だったが、一刻ほどで車は速度を緩め地面に着地する振動がした。男が車から降りたので、真冬は緊張しながら男のあとを追う。

牛車を降りた真冬は目の前の光景に言葉を失う。

視界には収まりきらないほど大きく美しい宮殿がたたずんでいたのだ。

白を基調とした宮殿の周りには光り輝く実をつけている樹木がいくつも植えられており、夜更けだというのに辺りは明るい。

宮殿の上空には龍と思しき存在が悠々と飛んでいるのがかすかに見える。

ここが天上の国かと呆然と見入っていたら、「ついて来てください」と男に低い声で言われ真冬はびくりと肩を震わせ、「は、はい」と返事をする。

急に敬語を使われて驚くが、理由を聞ける雰囲気ではなく殺伐とした空気のまま真冬は男たちについて行った。

宮殿の中に案内され、初めて見る豪華な内装に真冬は周囲をきょろきょろと見回してしまう。

宮殿内はどこもほこり一つ落ちておらず、壁には玻璃《はり》で作られた入れ物が飾られ、その中に火でも入っているのか明るく輝いている。

まるで夢のような場所だと思いながら歩いていたら、急に男たちが立ち止まり真冬も足を止める。間髪を容れず男たちはひれ伏したので、真冬だけが立っている状態となり「え？」と困惑する。そして自分の前に一人の青年が立っているのが見えて、真冬は思わず息を呑む。

「その者が明時の神件であるか」

青年は静かながらも威圧感のある声で問いかける。「そのようです」と男がひれ伏したまま答えると、青年は真冬を真っ直ぐに見据えながら近づいてきた。

真冬は青年から目が離せない。

これほど美しい男性を今まで見たことがなかった。

髪は漆黒の艶やかな短髪であり、くっきりとした目に宿る黒い瞳は鋭い威光を放ちながら真冬を捉えている。

黒い衣装にきっちりと身を包んでいるせいか厳格な印象を受け、整いすぎた目鼻立ちは見るだけで畏怖の念を感じるようだった。

あまりにも美しい人を前にしたら恐ろしく思うものなのだなと、真冬は近づいてくる青年の顔を見ながら心の中でつぶやいた。

「肝心の明時はどうした」

「見つけられませんでした。妖怪どもに方々捜させているので、見つけるのは時間の問題かと」

青年は男に「そうか」と短く返すと睨むように真冬を見つめる。背がぞくりと震え、鋭い眼差しから今すぐ視線を外してしまいたかったが、なんとか耐えて青年を見返した。

「この者を牢へ入れておけ」

青年は冷たく言い放つと男たちはすぐに「はい」と返事をする。状況が何一つ呑みこめない真冬は反論しようと口を開くが、青年に睨まれると体が震え言葉が喉で詰まって声を出すことができない。それほどまでにこの青年の圧は恐ろしいものだった。

「お待ちください終様《しゅう》」

青年の後ろから、慌てたように駆け寄ってくる女性がいた。

真冬は女性に視線を向け、また見入ってしまう。

彼女も、今まで見たことがないほど美しい女性だった。真冬と同じ純白の雪髪を綺麗に結いあげ慎ましい花簪《はなかんざし》で飾り、肌は雪を欺くほど白く美しい。瞳は銀色にも見える薄水色で、青年と似た黒い衣装がより彼女の純白さを際立たせていた。

なんて美男美女なんだ……と真冬は二人を見ながら思わずため息を吐きそうになる。

「この方は神伴でございます。そのような扱いをするのはいかがなものかと……」

「黙れ六花。あの異端の神の神伴だぞ。何をしでかすか分からん」

女性の言葉を青年はにべもなく制する。あまりにも冷たい声に真冬の心まで冷めたくなっていくようで、六花と呼ばれた女性は何も言い返せないようだった。

「六花の言う通りだぜ、終ノ神よ。明時の神伴を勝手に牢に入れるなんて横暴が過ぎる」

突如背後から力強い声が聞こえ、真冬は驚いて振り向く。

そこには長身の女性が立っており、薄く笑いながら終ノ神と呼んだ青年を見つめている。

まるで夏の晴れ渡った空のような天色の長髪を一つ縛りにし、鮮やかな金色の瞳を有している。身に纏った朱色の衣装には豪華な刺繍が施されており、一目見ただけで強烈な印象を与える女性だった。

女性の後ろには鮮黄色の短髪と翡翠色の瞳を有する素朴そうな青年が立っており、狼狽《うろた》えた様子で女性を見つめている。

「雷鳴……」

青年は忌々しげに口を歪め女性を睨みつけるが、女性は余裕を持った笑みを浮かべ見合う。

「お前は本当に独善的だな。こんな男殺してしまえよ、六花」

女性が六花に視線を向けると、六花は動揺したように目を伏せ青年はさらに顔を歪めた。

「七月の神であるお前が冬宮《とうぐう》に何の用だ」

「散歩がてら寄っただけだ。別に夏に属する神が他の季節の宮殿に入ってはいけないなんて決まりはないだろ?」

女性は真冬をちらりと一瞥《いちべつ》するとまた青年に向き合う。

「この子はあたしが引き取ろう。お前は女の扱いがなっちゃいないからな」

「馬鹿なことを言うな。この者は冬に属する神の神伴だ。冬宮で管理する」

「まだ明時が冬に所属しているとは分からないだろう?」

「あいつは大晦日の生まれだ。ならば十二月の神である私が管理するのが妥当だろう」

「通常ならな。だが、あいつはどこの月も司らない変わった神だ。それだけで冬に属する神だと決めつけるなよ」

緊迫した空気の中、女性と青年は言い合いを続ける。なんの話をしているのか分からないまま、真冬は二人に挟まれながら事の成り行きを見守るしかない。

「それに、他の神たちもお前の勝手な行動に怒ってるぜ。明時を軟禁してるだけならまだ目をつぶってやれるが、逃げた明時を捕まえるため妖怪を放ち、無関係な地上の民をも巻き込んだとあらばもう黙ってられん。しかも、その妖怪の中には宝物庫に封印していた九頭龍もいるらしいじゃないか。その上神件を独断で牢に入れるなんざ許されると思うか？」

「あの異端の神を捕まえるためだ。あいつを野放しにしておけば、必ずアマックニに災いが降りそそぐ。なんとしてもあいつを捕らえ、処さねばならんのだ」

青年が女性を睨みつけながら語気を強め言うと、女性は口元に笑みを浮かべながらも一切笑っていない目で青年を鋭く見つめた。

「驕《おご》るなよ、終」

重みのある女性の言葉に、真冬はびくりと体が震えてしまう。

「明時を生かすか殺すか決めるのはお前じゃない、この娘だ。忘れるなよ。我ら神の命を握っているのは神件だ。神が道を踏み外した邪神であるか、それとも真っ当な神であるかを見抜けるのは真澄の瞳を持つ神伴だけ。お前じゃないんだよ。六花に見放されないようせいぜい気をつけることだな」

　女性が毅然《きぜん》として言うと、青年は険しい表情のまま口を閉ざす。

「……余計な気を起こすなよ」

　青年が重い口を開き低く言うと、女性は「お前こそ」とにやりと笑った。

「行くぞ六花」と青年が踵を返すと、六花は真冬たちにぺこりと頭を下げ急いで青年についていった。

「あたしについてきな、お嬢ちゃん。あんたたちもう帰んなよ。夜遅くまでご苦労様」

　女性が伏せたままだった男たちに声をかけると、男たちは「はい」と返事をするとさっさとこの場を去ってしまった。

「いきなりこんなところに連れて来られてびっくりしたろう。あの終ノ神は悪いやつじゃないんだが、いささか真面目すぎるもんでね。融通がきかないのさ。あたしは七月を司る『雷鳴ノ神』で、こっちはあたしの神伴の蛍だ」

　雷鳴ノ神が言うと、彼女の後ろに控えていた蛍が「初めまして。蛍です」と微笑んだ。

真冬は「私は真冬です」と緊張しながら挨拶をする。自分の目の前に伝承でしか聞いたことのなかった神と神伴がいるなんて、信じられない気持ちだった。

「それで？　真冬は本当に明時の神伴なのか？」

　雷鳴ノ神の問いかけに、真冬は戸惑いながら口を開く。

「……いえ、私ではありません。私の兄が本物の神伴だと思います」

雷鳴ノ神はぴくりと眉を上げる。

「それは本当か？」

「……確信はありませんが、兄は生まれたときに宝玉を握っていたらしいので、おそらく兄が神伴だと……」

「なんてことだ、間違われて連れて来られたなんて……」と蛍は唖然としてつぶやき、雷鳴ノ神は「天人どもも適当な仕事しやがるな」と顔をしかめ頭をかいた。

「ひとまず、存在しないと思われてた明時の神伴はいたってことか。まぁ、一歩前進したっちゃしたか」

雷鳴ノ神はため息交じりに言う。

「あの。明時とはどなたですか……？」

真冬はおずおずと尋ねると、「あぁ」と雷鳴ノ神ははっとしたように真冬を見た。

「天上で十三体目の神だ。普通、新しい神が誕生するときっていうのは前の神が死んだときなんだがな、どういうわけか明時は天上に十二体の神がそろっているっていうのに生まれたんだ。遠い昔にも同じようなことがあって、そのとき地上の季節が荒れ狂い一度アマツクニが滅びたって伝承があるもんだから、終ノ神は過去と同じく明時が国を滅ぼす邪神だと考えているんだ」

真冬は言葉を失う。神の名だとは薄々気付いていたが、まさかそんな危険な神だとは思ってもみなかった。

「……その邪神かもしれない神様の神伴が兄なんですか」

「まぁそうなんだが、正直あたしは明時が邪神だとは思えない。明時は国を滅ぼすためじゃなく、他の理由があって生まれたんだと思うんだが、終ノ神は聞いてくれんのだよ。他の神たちは中立的な立場だが、終ノ神のやり方には疑問を呈《てい》している者も多い」

真冬は大きな不安を抱いたまま「兄ちゃん大丈夫かな……」とつぶやく。神を処刑するだとか、アマツクニが滅びるだとか、とんでもない事態に兄は巻き込まれてしまったようだ。

「大丈夫だろう。天人たちの様子じゃまだ明時を見つけられていないようだし、今頃真冬の兄ちゃんと合流してうまいこと逃げているだろうさ。明時は胆力のある男だ。そう簡単に捕まりはしない」

雷鳴ノ神はそう言うが、真冬の不安は拭えない。もし天人たちに明時という神や兄が捕まったら殺されてしまうかもしれないのだ。どうすれば兄が助かるか考えるが、動揺する頭ではうまく考えがまとまらない。

押し黙った真冬を見て、「あの、雷鳴様」と蛍は声を出す。

「彼女を帰してあげることはできないでしょうか」

真冬は「え」と顔を蛍に向け、蛍は言葉を続けた。

「終ノ神は彼女を処分する気だと思います。このまま天上で過ごさせるのは危険です」

「そうだな……。時機を見て彼女を家に帰そう。神伴でなく間違って連れてこられたのは確かだしな」

雷鳴ノ神が蛍の言葉に同意したとき、真冬は慌てて声を出した。

「いいえ、ここにいます」

真冬がはっきりと言うと、雷鳴ノ神と蛍は目を丸くして真冬を見る。

「私が神伴でないため家に帰されたとなれば、終ノ神は本物の神伴を捜そうとするはずです。そうなれば、兄に注意がいってしまう。それなら私は神伴の振りをして天上に居続け、兄から注意をそらしましょう」

真冬が雷鳴ノ神の金色の瞳を見つめ断言すると、雷鳴ノ神は目を鋭くして真冬を見据える。

「いいのか、もしかしたら兄の代わりに殺されるかもしれんぞ」

威嚇するかのような声の迫力に真冬は気圧されそうになるが、ぐっと堪え雷鳴ノ神を見つめ続ける。

「兄は必ず助けに来てくれます」

「なぜそう思う？」

「私の兄だからです」

真冬は確信を持って言う。

兄は必ず助けに来てくれると信じていた。

父と母が病に伏し、兄たちに黙って山に薬草を探しに行き迷ってしまったときも兄はハチと一緒に一晩中自分を捜し見つけてくれた。

父と母が亡くなり泣いている自分に対して、これからは俺がお前を護ると誓ってくれた。それに今回だって村を妖怪から守るために一人囮になるような兄だ。自分が天人に捕まったと聞けば、必ず助けに来ようとするだろうと真冬は考える。だから、その兄を天人の目から欺くために、私が身代わりになるくらいなんてことはない。

真冬が強い意思を宿した目で雷鳴ノ神を見返していると、雷鳴ノ神は表情を緩め口角を上げる。

「……肝の据わった娘だな。気に入った」

雷鳴ノ神はニヤリと笑い蛍を見る。

「蛍、この子にいい部屋を用意してやってくれ。神伴として扱おう」

蛍は心配そうな顔をしながらも「はい」と頷く。真冬もこれから天上で神伴として振舞うことに不安がないと言えば嘘だったが、それでも決意は揺るがなかった。それに、この雷鳴ノ神は信頼の置ける神だと思うし、頼もしくもある。

「あたしたちも明時たちに協力しよう。明時が邪神じゃないという証拠を終ノ神に突き出してやろうじゃないか」

雷鳴ノ神は快活に笑いかけ、真冬の不安が少しやわらぐ。

「……あまり目立つ行動はおやめください。頻繁に地上に行かれては、他の神々に示しがつきません」

蛍が戒めるように言うと、「はいはい、分かったよ」と雷鳴ノ神は面倒くさそうに返した。

その後真冬は雷鳴ノ神たちに連れられ、夏宮《かぐう》と呼ばれる宮殿に行くことになった。

冬宮の外に出ると辺りはまだ暗く、空を見上げると星が見え心なしか地上で見るよりも強く輝いていているような気がする。

天上とは星よりも上にあるものだと思っていたが、どうやら星の輝く場所は天上よりも遥か上にあるようだ。

見知らぬ世界に、これは現実ではなく泡沫《うたかた》の世界を歩いているのではないかと思えてしまう。

兄がどうか無事であるようにと星に願いをかけ、真冬は夏宮へと歩んでいった。

二章　春嵐の九頭龍

冬月国から遠く離れた夏陽国へ向かうためには、冬月国の東南にある春朝国《しゅんちょうこく》を経由しなければならない。

冬月国と春朝国の間には関所があるが、天人たちが明時を捜しており関所でも厳しく取り締まっている可能性が大いに考えられるため、凍月たちは険しい山道を通って春朝国を目指すことにした。

銀花がいるため傾斜の険しい場所や崖のような場所も進むことができ、今のところ追手も来ず二人はひたすらに歩を続けている。

雪鹿衆は狩猟も行う民であるため、その知識は山道を通る際に役に立った。

凍月は昨夜泊まった猟師小屋にあった弓矢と小刀とその他諸々を拝借し、野兎や栗鼠《りす》などを狩り食料とした。雪の下には山菜が芽吹き始めていたのでそれを採取し食べることもできた。

凍月が獣を狩り小刀でさばいていく様子を、明時はじっと物珍しそうに見つめている。まるで肉というものを初めて見たかのような食いつきようだ。

「天上では肉を食べないの？」

焼いた兎の肉を渡しながら凍月は問いかける。

「他の神や天人たちは食べていると思う。私は捕らわれていたからな、桃しか食べさせてもらえなかった。たまに雷鳴ノ神がやってきて握り飯をもらったが、肉は初めてだ」

明時は平然と言うが、凍月は衝撃で手に持った肉を落としそうになる。そんな凍月の様子に気付かず明時は肉を一口食べ、「うん、悪くない」と口を動かす。

「……え、桃だけってどういうこと？　体壊さない？」

「言っただろう、神は死なないんだ。多少食べなくても死ぬことはない。もちろんすごく腹は減るぞ。桃ばっかりで飽きるし、正直もう食べたくないな」

明時は肉を呑み込み答えるとまた一口頬張る。「そっか……」と凍月はつぶやいて自身も肉を食べていった。明時にはなるべく色んなものを食べさせてあげようと凍月は思う。

「お前だって神伴だから死ぬことはないんだぞ。今までも酷い怪我を負ってもすぐに治っただろう？」

「いや、死ぬような怪我をしたことないからな……。でも、確かに傷の治りは早い方だし、風邪らしい風邪をひいたことないよ」

凍月はもぐもぐと口を動かしながら過去を思い出す。確かに、小さいころ鹿から落ちて右腕の骨を折ったがわずか三、四日で治り、病にかかったこともない。まわりからは体が丈夫な子だと言われていたが、まさか神伴だからだとは思いもしなかった。

「死なないっていったって、怪我をすれば痛いんでしょう？」

「まあな。天上から地上に降りたときが一番痛かったな。なんとか宮殿から逃げ出せたものの、急いでいたからそのまま天上から飛び降りて地上に叩きつけられたもんだから、復活まで一週間かかってしまった。運よく森の深いところに落ちたから追手にも見つからずにすんだよ」

またも平然と言う明時に凍月はむせ込んでしまう。

「……え、天上から落ちて来たの!?」

「あぁ、それしか方法がなかったんだ。ちゃんとお前の気配を感じるところに向かって落ちたから、無計画に落ちたわけじゃないぞ」

「いや、そういう問題じゃないんだけど……。待って、俺の気配って何?」

「そのまんまの意味だ。神と神伴は一心同体だからな、離れていても居場所はなんとなく分かる。お前だって私の気配が分かるだろう?」

「いや、全然」

今度は明時が咳き込み、「なんだって?」と眉を寄せ凍月を見る。

「君の気配なんて感じたことないよ。神様には神伴の気配が分かっても、神伴には分からないんじゃないの?」

「そんなことはないはずだ、おかしいな……」

「それか俺が本当は神伴じゃないかだね」

「そんなわけないだろ、同じ夢を見たんだから絶対にお前が神伴だ」

凍月はうっと言葉に詰まる。

村を出て、真冬を助けに行くと決意した昨晩、猟師小屋に泊まって寝たのであるが二人は全く同じ夢を見たのだ。

前に見たものと同じく、名も知らぬ草原に立って朝焼けを見る夢であり、さすがの凍月も同じ夢は見ていないと嘘はつけなかった。

「……他の神伴たちは、生まれてすぐ天上に連れて行かれるんでしょ？」

「そうだ、赤子のころから神と共に過ごし、天人たちに作法や神伴としての心得を教えられるらしい」

「じゃぁ、そのせいじゃないかな。小さい頃から一緒にいれば、自然と神様の気配も分かるようになるんじゃない？　神と神伴は一心同体だとか言われても、昨日会ったばかりの君と絆なんてできないよ」

凍月が言うと、明時は少し残念そうな顔になって「まぁ、そうだな」とつぶやく。今のところ明時とは一緒にいて苦にならないが、それでも一心同体には程遠い。正直、この先明時の神伴としてやっていける気が全くしなかった。

食事が済むと、二人はすぐに歩き始めた。時刻はまだ六ノ刻を少し回ったくらいでほどよい日差しが木々に降り注いでいる。暗くなってしまう前に、少しでも先に進んでしまいたい。

この辺りの山には妖怪が出ると噂されているからか、まだ雪が残っているからか山道で人にすれ違うことはなく、追手がやってくる気配もない。それでも二人は周囲に気をつけながら道を進んでいった。

「無事に春朝国に入れたとしても、そこからあてはあるのか？」

明時は前を行く凍月に向かって問いかける。

「春朝国に入ってすぐに『花鹿衆《はなじかしゅう》』の村があるんだ。そこに親戚がいるから、顔を出そうと思う」

「花鹿？　雪鹿じゃなくて？」

凍月に手綱を引かれながら歩く銀花を一瞥して明時はさらに問う。

「雪鹿は『四季鹿《しきじか》』っていう鹿の一種で、他に三種類いるんだ。冬月国の『雪鹿』、秋昏国《しゅうこんこく》の『彩鹿《いろじか》』、夏陽国の『輝鹿《てるじか》』、そして春朝国の『花鹿』だ。花鹿を育てている一族を『花鹿衆』って言って、そこに俺の父方の親族がいるんだ」

「へぇ、色々いるんだな。花鹿って言うからには角に花が咲いているのか？」

「その通り。雪鹿の角は氷の彫刻みたいだけど、花鹿の角には花が咲いていて綺麗なんだよ」

「それは華やかで美しいだろうな。見てみたいものだ。……なんだお前その目は」

不意に銀花が振り返り明時を睨むように目を鋭くする。

「俺の角の方が綺麗だろって言いたいんじゃない？」

「別にお前の角をけなしてはないだろう。お前の角もなかなか珍しくていいと思うぞ。しかしやはり華やかさで言えばその花鹿の方が……うわっ！　おい、蹴るんじゃない！」

銀花は急に後ろ脚を上げ明時を蹴りかける。「こら銀花、死にはしないけど危ないから蹴っちゃだめだ」と凍月が叱ると、銀花はフンと鼻を鳴らして何事もなかったかのように歩き始めた。

「なぁ、やっぱりこいつ私のことを嫌ってないか？」

明時は顔をしかめ不満げに言い、凍月は「気のせい、気のせい」と苦笑して返す。

明時との旅に、銀花がいるのは本当に助かったと凍月は思う。

険しい斜面を登るときも助かるのだが、二人の間に流れる微妙な空気を銀花が緩和してくれている気がした。

どうやら明時は銀花の角に触ってみたいらしく幾度となく挑戦しているのだが、そのたびに銀花に噛まれそうになったり蹴られそうになったりして断念している。銀花も銀花で明時になぜか対抗意識を持っているようで、一向に明時に気を許そうとしない。

そんな明時と銀花のやり取りを見ていると自然と笑みがこぼれるもので、凍月の胸に押しかかる重圧が少しやわらぐような気がするのだ。


旅を始めて三日経つと、次第に山に雪がなくなり始め、風もどこか暖かくなったような気がした。春朝国に入ったかどうかは普通の道を通れば関所があるのですぐ分かるのだが、いかんせん山奥の誰も通らないような道では看板もなにもないため分からない。

「春朝国に入ったかもしれない」

「え、なんで分かるんだ？」

「この木を見て」と凍月が指さした木の枝には、ほんのりと黄色に色づいた蕾がいくつもついていた。

「蜜梅《みつうめ》の蕾で、もう咲きかけてる。冬月国でも見られる花だけど、二月の下旬にならなきゃ花は咲かないんだ。でも、春朝国なら早ければ一月の下旬から咲き始める。確証はないけど、春朝国は目の前だと思う」

「へぇ……、お前は色んなことをよく知っていてすごいな」

純粋な誉め言葉に、凍月は少しはにかんで「ありがとう」と答える。凍月がなんでも知っているというよりは、明時がなにも知らないだけなのだが、口にはしなかった。天上にずっと捕らわれていたのなら、世の中のことをなにも知らなくて当然だと思うのだ。

「もしかしたらもう関所は越えてるかも。今日進めるだけ進んだら、明日は山を下りてみようか」

凍月は提案するが、明時から返事はない。「明時？」と凍月が振り向くと、明時は「しっ」と人差し指を口元にあて声を潜めた。

「妖怪の気配がする。この先からだ」

「え？　まさか、追手に先回りされた？」

「それはまだ分からない」

しまった、と凍月は心の中でつぶやく。今から引き返した方がいいだろうか。でも、こんな山奥にまで追手が来ているということは、後ろからも来ているんじゃないか。もし挟まれたら、どこに逃げればいいんだろう。

　凍月が色々と考えていると、明時は真剣な面持ちで歩き出した。

「え、行くの？」と凍月は驚くが、「追手かどうか、まずは確認しようじゃないか」と明時は冷静に言って進んで行く。大丈夫だろうかと思いながらも、凍月はその場に銀花を待たせ明時のあとをついていった。

　進むにつれて凍月にも妖怪の気配が分かるようになった。人間とは思えないほど野太くしわがれた声が聞こえてくるのだ。それも一体ではなく複数いるようでだいぶ騒がしい。近づくにつれてただの鳴き声ではなく言葉を話しているのが分かり、どうやら知性を持った妖怪らしかった。

「……いた。あの崩れた建物のとこだ」

　明時は木陰に隠れて奥を指さす。凍月も明時の横に身を潜め奥を見ると、焼け落ちた家の前に巨大な体躯の鬼が四体たむろしているのが見えた。まだ正午を過ぎた頃だというのに、鬼たちは酒を飲み品悪く笑いあっている。

「追手じゃないみたいだな」と明時は声を潜める。

「冬月国と春朝国を通る山道に妖怪が出て人を襲っているって聞いたことあるけど、あいつらのことかも」

　山に現れ旅人を襲う妖怪の話は雪鹿衆の村でも知られており、そのため通常の旅人ならばわざわざ危険な山道を通らず、関銭は取られるが安全な関所を通る場合が多い。凶悪な妖怪であり、何人もの退治屋が返り討ちにされてしまい、役人たちは旅人に関所を通るように言い手をこまねいているらしい。

「ひとまず、追手じゃなくてよかった。このままあいつらに気付かれないよう迂回しようか」

「いや、倒そう。相手が油断している今ならこちらが有利だ」

「え、倒すの？」

凍月は思わず大きな声を出してしまいそうになる。目を丸くしている凍月をよそに明時は「あぁ」と頷く。

「人を襲う悪鬼だろう？　このまま放っておけばさらに被害が出ることになる。ここで倒そうじゃないか」

「でも、相手は四体もいるんだぞ。分が悪すぎる。勝ったとしても無傷じゃ済まないって」

「大丈夫だ。私には妖怪を斬ることに特化した神器、『朔月刀《さくげつとう》』がある。負けはしない。それに私は死なないから大丈夫だ」

腰に携えた刀の柄に触れ自信を持って言う明時に、「いや、そういう問題じゃないんだけど……」と凍月は少し呆れてしまう。

神々は誕生したときに四季神から神器を与えられ、その神器は授けられた神にしか扱えないらしい。明時の持つ『朔月刀』と言う名の黒刀が明時の神器であるらしく、昨日試しに凍月が鞘から刀を抜こうとしたものの、どれだけ力を込めても抜くことはできなかった。

「凍月は隠れていていいぞ。まだ宝玉を使いこなせていないだろう」

凍月は思わず言葉に詰まる。神伴の持つ宝玉も神の神器と同じく持ち主の神伴にしか扱えないらしい。現に凍月が持つ宝玉は常に淡い白色に輝いているが、凍月の手を離れれば光は失われただの水晶になる。

しかし、以前妖怪どもを浄化したときのように眩く光らせようと思っても、凍月は全く勝手が分からず宝玉を光らせることはできなかった。

「……鬼を放っておけないって気持ちは分かるよ。俺が役に立たないっていうのも分かる。でも、君が一人で突っ込んでいって酷い怪我を負うのをただ見ているだけなんてできない」

「お前を役立たずだなんて思ってないさ。己が神伴だと分かって日が浅いんだ。ここは私に任せてくれ」

「だめだ、死ななくても痛い思いはするのに……」

「何かさえずりが聞こえると思ったら、こんなところに隠れてやがったのか」

二人がはっとして振り向くと、巨大な一つ目の鬼が二人を見下ろしていた。赤黒い無骨な肌をしており、毛髪のない頭には角が一本生えている。しまった、もう一体いたのかと凍月は冷や汗が流れた。

「白い髪とは珍しいな。もう一人の方は……とんでもねぇ別嬪《べっぴん》じゃねぇか。こんな上玉初めて見たぜ」

鬼はニヤリと下卑た笑みを浮かべ明時の長髪を掴もうとする。

凍月が助けようと手を伸ばしたときには、すでに明時は抜刀していた。

気付けば鬼の両腕が宙を舞っており、鬼はぽかんとした顔で地面に落ちた腕を見つめ、一瞬の間をおいて耳障りな叫び声を上げる。明時が鬼の頸目がけて刀を振ると、太い頸は何の抵抗もないようにすっぱりと斬られ地面に転がった。

相変わらず見事な太刀筋に凍月は声を出すことを忘れて見入ってしまう。

「なんだ、騒がしいな」

「あそこを見ろ、人間が二人いやがる。……しかも仲間を殺してんじゃねぇか！」

「なんだと、また退治屋が来たか。たかがガキ二人だ、やっちまえ！」

鬼たちは二人に気付いて各々金棒を持ち近づいてくる。

凍月の制止も聞かず明時は飛び出していき、臆することなく先頭にいた鬼の懐に潜りすかさず頸を斬った。あまりの剣速に残った三体の鬼はたじろいだが、すぐに一体の鬼が明時に向かって金棒を振るい、明時は刀身で受ける。大きな金属音が鳴り響き、鬼は目を見開く。

「な、なんだこの黒い刀、金棒でどんだけ殴っても折れるどころかひび一つ入らないぞ！」

神器が壊れるときは持ち主の神が死ぬときのみなのだが、そんなことなど鬼が知る由もないだろう。鬼が戸惑っている隙に明時は金棒を弾き返し間合いを取った。

明時はやや顔をしかめ腕をわずかに震わせる。どうやら金棒を受け止めたときに腕を痺れさせたようだった。

いくら剣の腕が立つといっても、華奢《きゃしゃ》な明時と筋骨隆々の鬼とでは力の差がある。明時を助けに行きたかったが、凍月はその場から動くことができなかった。

鬼はまた金棒を明時の頭めがけて振り下ろし、明時は刀身で受けるが明らかに押されている。別の鬼が明時の胴に向けて金棒を振るうのが見えて、凍月は咄嗟《とっさ》に背負っていた弓を構え鬼に向かって矢を射た。

凍月はさほど弓は得意でないが、運よく金棒を振るおうとしていた鬼の目に刺さった。鬼は悲鳴を上げ金棒を落とし、三体目の鬼が舌打ちをして視線を明時から凍月に移す。

凍月は焦りながら懐から宝玉を取り出し鬼に向けるが、どれだけ念を送ってもまったく光りはしない。

「なんのまねだ、坊主。あっちのお嬢ちゃんと比べて、お前は弱そうだな。お前から食ってやろう」

鬼はニヤニヤと余裕ぶった笑みを浮かべ凍月に近付いてくる。今すぐこの場から逃げてしまいたかったが、明時一人置いて逃げるわけにはいかない。

「凍月！　逃げろ！」

二体の鬼に囲まれながらも、明時は凍月の方を振り向いて叫ぶ。

その瞬間、鬼の振りかぶった金棒が明時の右肩に直撃し血しぶきが上がった。

「明時!!」

凍月が絶叫すると、唐突に宝玉から真っ白な眩い光が放たれる。すると鬼たちは耳をつんざくような悲鳴を上げて動きを止めた。

明時は血を流しながらも刀を閃めかせ、自分を囲んでいた二体の鬼の頸を容易く斬ると、すぐに凍月の前にいる鬼に近付き背後から一太刀で斬り落とした。

光が収まるとそこには息絶えた鬼の骸《むくろ》が転がっており、明時は糸が切れたように片膝をつき呼吸を乱れさせた。

凍月はすぐに明時の元へ行き傷を見る。着物が黒いため血の染みは見えにくいが、破れた箇所から血に濡れた素肌が見え凍月は思わず顔を歪める。

「……すごいじゃないか凍月。宝玉が光ったぞ。おかげで勝てた」

明時は肩で息をしながら凍月に向かって笑いかける。「いいからしゃべらないで、あの家の中でしばらく休もう」と凍月は明時に腕を回し支えながら朽ちた廃屋へと入った。

鬼たちが根城にしていたのだろう廃屋の中には盗品と思われる酒や食料、上等な着物などが置かれてあった。凍月が首にかけた角笛を吹くと、待たせていた銀花がすぐにやって来て廃屋の前で立ち止まる。

明時を座らせ上着を脱がせると、右肩の肉が酷く抉《えぐ》れていた。しかし、すでに出血が止まっている。神の再生能力はすごいなと思いながら、凍月は置いてあった着物の裾を破り明時の右肩に巻いた。

「すまない、油断した」

「……明時のせいじゃない。俺が余計なことしたからだ」

「いや、あの矢のおかげで助かったぞ。いい腕じゃないか」

凍月は胸が詰まる。明時が油断したのは、鬼の一体が自分に向かって来たからだ。あのとき矢を射なければ鬼は自分に注意を向けず、そのまま明時が倒していたかもしれないと思うと後悔が募っていく。

「お前に怪我がなくてよかった」

微笑んで言う明時の言葉に、凍月は右肩に布切れを巻いていた手を止めた。

明時は強い。そして自分は神伴として未熟だ。

だからといって、明時に守ってもらおうなどとは全く思っていなかった。それなのに、明時は自分を守るべき存在だと思っているのだと、凍月は今の言葉で気付いてしまった。

「……俺を守ろうとしなくていい」

凍月は再度手を動かしながら言う。明時が何か言いかけたが、その前に凍月は言葉を続けた。

「死なないからといって、こんな捨て身の戦い方ばかり続けていたら体がもたないだろ。俺だって戦えるさ。さっきようやく宝玉の使い方も分かってきたよ。俺のことも少しは頼ってくれ」

明時は少し目を丸くしたが、すぐに柔らかく微笑んだ。

「……そうだな、お前の力を頼るとしよう」

明時の純粋な言葉が心に沁みる。

実のところ凍月は明時が本当は邪神なのではないかと疑念を抱いていたが、数日ともに過ごせばその疑念は消えてしまった。人の本性など分からないものだが、なぜか明時の心根は分かるような気がするのだ。

明時はどこまでも純粋で真っ直ぐだ。

ただ凍月が明時にとって大事な存在だから守ろうとし、自分は大怪我を負ったくせに凍月に怪我がなくてよかったと笑った。

そんな明時のためならば、一緒に戦ってもよいと凍月は思い始めていた。

不意に凍月の懐が光り出し、凍月は驚いて懐から宝玉を取り出す。

何もしていないというのに宝玉は白く輝き、「え、なんで?」と凍月は困惑する。

「……凍月、宝玉を私の右肩に近付けてくれないか」

「え、いいけど……」

明時の真意が分からぬまま凍月は宝玉を右肩に近付ける。明時は左手で器用に右肩に巻かれた布切れを外す。

「……嘘だろ」

目の前の出来事に凍月はさらに困惑する。抉れて血まみれだった明時の右肩が、宝玉の光を浴びみるみるうちに治っていくではないか。

「……すごいぞ凍月。お前は妖気を祓《はら》い、傷を癒す力を持っているんだ。これほど強力な力はなかなかないぞ」

明時は嬉しそうに凍月を見るが、凍月は自分の力である実感が湧かず呆然と右肩を見つめていた。ほどなくして宝玉の光が収まれば傷はなくなり、明時は右肩を回し「治った」と微笑む。

「よかったけど、どうやったのか自分でも分からないよ」

凍月は宝玉をじっと見つめる。どうやって宝玉から治癒の力を引き出したのかまるで分からない。

「心配するな、そのうち分かるだろうさ。しかし本当にすごい能力だ。私の潔白も神々に証明できるかもしれないぞ。邪を祓い傷を癒す清らかな力を持つ神伴の神が、邪神なわけないとな」

「……さすがにこれだけじゃ証拠が弱いんじゃない？」

「まぁそうだな。私が邪神でない証拠を他にも探そうじゃないか」

なぜか楽しげに明時は笑う。前向きだなぁと思いながら凍月は「真冬を助けるついでにね」と返すと、「そうだな、お前の妹が最優先だ」と明時ははっきりと言ってくれる。

その後廃屋の中で一晩過ごし、翌朝には山を下りることにした。

山を下るにつれて花を咲かせた蜜梅の木々が多くなり、柔らかな甘い香りが山を包んでいるようだった。長らく感じていなかった春の予感に、自然と凍月の心も沸きたってくる。

そして山道ではちらほらと人にすれ違うようになり、二人はできるだけ目立たぬよう無難にやり過ごすことに神経を注いだ。

銀花を連れているためか、すれ違う人々は凍月のことを冬月国から雪鹿を売りに来た鹿師だと思ってくれ、刀を携えた明時のことは用心棒だと思ってくれたようだった。

立派な雪鹿と人目を引く明時に嫌でも人の注意が向き冷や冷やしたが、今のところ捕まることなく進めている。もしかしたら天人たちが国に指示を出し、手配書が貼り出され人相や身なりがばれているのではないかと明時は不安がっていたが、まだ大丈夫なようだ。

「……なぁ凍月」

不意に明時が声をかけ、凍月は歩みは止めず顔だけ横を向いて「なに？」と問いかけると、神妙な顔つきをした明時と目が合った。

「私の顔に何かついているだろうか？」

「え？　特になにもついてないけど、どうかした？」

「道行く人が皆私の顔をじろじろ見てくるものだから気になったんだ。もしや、私が神だとばれたか？」

「いや、明時が美形すぎて見てるだけだから気にしなくていいよ」

凍月が淡然と言うと、明時は「そういうものなのか……？」と複雑そうな顔をするものだから、凍月は思わず笑ってしまいそうになる。どうやら明時は自分が美形だという自覚がないようで、美形が人目を引くというのもよく分かっていないようだった。

ふと前から一人の女性が歩いてくるのが見えて、二人は会話をやめ端に寄り道を譲ろうとする。自分たちよりも若そうなその女子は山菜の入った籠を背負っており、山菜を採った帰りなのかもしれない。凍月が軽く会釈すると女子は立ち止まり、目を見開いて凍月を見た。

なぜ明時でなく自分をこんなにまじまじと見ているのだろうかと凍月が不審に思っていると、女子は唐突に「凍月兄⁉」と叫ぶ。

その声に、凍月は目の前の女子との記憶が蘇ってくる。

「もしかして、八重《やえ》ちゃん⁉」

凍月が従妹の名を呼ぶと「そうだよ、八重だよ！」と八重は涙を浮かべて凍月に駆け寄ってきた。八重は父方の従妹で凍月よりも三つ年下だ。最後に会ったのは三年前で、三年も経てばこんなに大人っぽくなるんだなと、凍月は成長した従妹を感慨深い思いで見返した。

「みんな心配してるんだよ！　三日前急に雪鹿衆から手紙が来て、真冬ちゃんが天人に連れて行かれて凍月兄が行方不明になったって書いてあったから……。本当、無事でよかった……」

八重は声を震わせて凍月と銀花を見つめ、そして後ろにいた明時を見ると涙を引っ込めぽかんと口を開け固まってしまう。

「……このものすごい美女はどなた？」

八重は目を丸くしたまま凍月に問う。凍月は堪えきれずに笑い、明時は「美女？」と眉を寄せた。

「……彼は明時。俺の旅の相棒だよ」

凍月は笑みを浮かべながら答え、「私は明時、男だ」と明時がむすっとした表情で続けると、「え、男⁉」と八重はさらに驚いた様子で声を上げた。


「母さん、凍月兄が来たよ！」

凍月たちを連れてきた八重は、花鹿衆の村につくなり急いで家に向かい叫んだ。

その声を聞き鹿の世話をしていた村人たちは「凍月だって⁉」「本当だ、八重が凍月を連れて来たぞ！」「よかった、無事だったんだな！」と声を上げ嬉しそうに凍月に近寄ってくる。そして凍月と一緒にいる明時に目を奪われ、「彼女は誰だ」と質問攻めにあったので旅の相棒で、男だと簡単に説明しておいた。

「凍月！　無事だったんだね！」

八重の家から駆け足で女性が出てきて、「小春《こはる》さん」と凍月はその女性の名を呼んだ。

小春は凍月の父の姉で凍月の伯母にあたる。雪鹿衆の出身であるが、花鹿衆の男性と結婚し移住した。父と同じ濃紺の髪と瞳を有し、目元が父とよく似ているため、凍月は小春を見るたびとても懐かしい気持ちになる。

小春は凍月を強く抱きしめ、「心配したんだよ。真冬が天人に連れていかれて、あんたも行方不明になったって聞いたから……！」と絞り出すように言うので、凍月は胸がいっぱいになった。

「心配かけてごめんなさい。俺は大丈夫です。真冬を助けに行くつもりです」

凍月がはっきりと言うと、小春は凍月の体を離し「立派になったね」と感慨深そうにつぶやいた。そして明時に視線を移し、一瞬見惚れるような表情をしたがすぐに真面目な顔に戻る。

「八重から聞いたよ、なにやら訳ありのようだね。長旅で疲れたろう、家においで」

小春は目を細め優しく言ってくれる。銀花は八重に預け、二人は小春の家にあがった。家族は皆出払っているらしく、家の中には誰もいない。久々に人の温もりがある家の中で休めるので、凍月はようやく生きた心地を感じながら腰をおろした。

小春も二人に向かい合って座り、すぐに話し始める。

「三日前に雪鹿衆のじい様から伝書鳩が来てね。何事かと思ったら、真冬が神伴として天上に連れて行かれ、凍月が妖怪から逃げて行方不明になったって書いてあって仰天したよ。もしかしたら凍月は真冬を助けに行くために村に帰らず、私たちを頼って花鹿衆の村に行くかもしれないから来たら助けてやってくれとも書いてあってね、本当に来てよかったよ」

三日前ということは、真冬が連れ去られてすぐに祖父は伝書鳩を飛ばしたことになる。自分が真冬を助けに行こうとしていること、そして花鹿衆を頼って寄るだろうことを祖父に見抜かれていたことを知り、「じいちゃんにはなんでもお見通しだな」と凍月は思わずつぶやいた。

「本当に助けに行く気なんだね。でも、神伴として天上に連れて行かれた真冬を助けるなんてできると思っているのかい？」

小春は眉を下げ怪訝そうな表情をする。

「できると思います。本物の神伴は俺だから、この宝玉を持って証明すれば真冬は家に帰してくれるはずです」

凍月は懐から宝玉を取り出し小春に差し出す。淡い白色に輝く宝玉を見て小春は目を丸くした。

「……あんたが本物の神伴だって？」

「はい、神伴は必ず宝玉を持って生まれてきて、宝玉は神伴でなければ扱うことができません。この宝玉が俺が神伴であることの証拠です」

小春は凍月の手から宝玉を取るが、凍月の手を離れた途端宝玉の光が失われたのを見てさらに目を丸くさせた。しばらく宝玉をまじまじと見つめたあと凍月に返し、宝玉がまた輝き出したのを見て小さくため息をつく。

「……あんたが生まれてすぐ、雪成《ゆきなり》がこの子は冬ノ神の祝福を受けた子だから、そのうち天人が来て天上へ連れて行ってしまうかもしれないなんて冗談言ってたもんだけど、本当に神伴だったんだね……」

小春は凍月を見つめながら声をこぼす。雪成とは、凍月の父の名前だ。その名を聞くだけでなぜだか凍月の心はじんと温かくなった。

「でも、今更分かるなんてどういうことだい？　普通神伴は赤ん坊のうちに連れて行かれるだろ？」

「天人は宝玉の気配を感知して神件を捜すらしいんですが、ハチが呑み込んでたから分からなかったらしいです」

　宝玉を感知する『共鳴ノ石《ともなり》』という宝石があるが、血や邪気といった穢れにめっぽう弱く、たとえ宝玉が近くにあっても血や邪気に塗《まみ》れていたら反応しなくなってしまうらしい。凍月の宝玉はハチが呑み込んでいたため、血やら内臓やらで護られ共鳴ノ石は反応しなかったのだろうと明時は結論づけた。

「なんでそんなことを知ってるんだい？」

「彼に教えてもらったんです。彼は天上の出身で、そういうことに詳しいんです」

　凍月は明時に視線を向けながら言う。本当は凍月の仕えるべき神であり、邪神だとされ天上から追われているのだが、そんなこと言えるわけがないので誤魔化すことにした。

「天人ってことかい」と小春は問いかけると、「そう思っていただいて構いません」と明時も曖昧に答えた。

　小春は大きなため息を吐いて膝を崩す。

「色んなことが起こって混乱してきたよ。最近、近くでも天人をちらほら見るようになってね、昨日は天人がこの村に来て、黒い着物で長い黒髪の刀を携えた十代半ばくらいの男子が来てないかって詰められたよ。天上から逃げた罪人らしいんだけど、見つけたらすぐ報告するように言われてね、物騒なもんだ」

「え？」

凍月と明時は顔を見合わせる。

その罪人とやらの特徴は明らかに明時と一致していた。服は昨日鬼との戦闘で破れてしまったので廃屋の中にあった適当な着物に着替えており、今は黒色ではなく茅色であるが、その他の特徴はまったくもって明時だ。

それなのに、ここに来るまで何人かとすれ違ったのに特に騒がれはしなかった。もし手配中の罪人だと気付いたのならば動揺するか、なるべく視線を合わせないようにしようものだが、皆食い入るように明時に見惚れ、中にはため息をもらす者までいた次第だ。

よくよく考えれば、明時を一目見て男だと思う者はまずいないためばれなかったのかもしれない。そう思うと、女と見紛うほど美しい明時の見た目が役に立ったのであるが、明時に伝えるとへこみそうなので黙っておいた。

顔を見合わせている二人を見て、「本当に訳ありみたいだね」と小春は苦笑する。

「……明時は罪人なんかじゃありません」

「分かってるよ。凍月の連れだ、疑いはしないさ」

凍月はほっとして「ありがとうございます」と返す。おそらく小春も明時がただの天人ではないと気付いているだろうが、深く追及しない気遣いがありがたかった。

「彼が天上までの案内をしてくれるのかい？」

「はい。そのためにまず夏陽国に行こうと思っています」

「夏陽国か……困ったね」

小春は眉を寄せ悩むような表情になってしまう。「夏陽国でなにかあったんですか？」と凍月は不安になって問いかけた。

「夏陽国というより、夏陽国へ行く船着き場近くに先週から急に龍が三頭も現れたんだよ。恐ろしい龍でね、船着き場へ行こうとする人間を襲い、近場の村を根城にして好き勝手やってるらしいんだ。おかげで夏陽国に行けなくなってしまったんだよ。あまりにも凶悪なやつらでね、腕の立つ退治屋たちも歯が立たなくて困ってるんだ」

「え、龍!?」

思いもよらない事態に凍月は声を上げる。龍なんて、伝説でしか聞いたことのないような希少な妖怪だ。それなのに、いきなり三体も現れるなんて信じられなかった。

「その船着き場を通らなければ夏陽国には行けないのか？」

明時は戸惑った顔で凍月に問いかける。

「うん、春朝国と夏陽国の間には春夏海《しゅんかかい》っていう内海があって、船じゃないと夏陽国まで行けないんだよ。どうしよう……、海を通らずに夏陽国に行くには陸続きの秋昏国から行く方法もあるけど、そのためには一度冬月国に戻らなきゃいけない。でも、そしたら三月はかかってしまう……」

凍月は顎に指を添え悩む。春夏海を通る以外で夏陽国に行くには、夏陽国と陸続きである秋昏国から行かなければならない。しかし、春朝国から秋昏国に向かうにはまず冬月国を経由する必要がある。その経路では確実に真冬の処刑に間に合わなくなってしまう。

「旦那が帰ってきたら夏陽国に行く方法がないか相談してみるよ。夕方には戻ってくると思うからさ。あんたたちは疲れているだろうから、休んでいていいよ」

小春に言われ、凍月は「ありがとうございます」と素直に礼を言った。今ここで悩んでいても仕方ないと考えた凍月は、小春の厚意に甘え休ませてもらうことにした。

冬月国では今の時期まだ雪が降っているが、春朝国ではすでに春が訪れている。空気はまだ肌寒いが、時折強い春風が温もりとともに吹いていた。

明時を連れ花鹿の放牧場へやって来た凍月は、久々に花鹿を見て懐かしい気持ちになる。すでに花鹿の中には角に花を咲かせているものもおり、明時は「おぉ」と目を輝かせて花鹿に近付いていった。

「本当に角に花が咲いている。この花は梅だろう。綺麗だな」

こぼれそうなほどの紅梅を咲かせた花鹿の角を指さして明時は笑う。

花鹿は花の種を混ぜた餌を食べさせると翌年その花が角に咲くという特徴があり、花鹿衆では様々な花の種を使い花鹿の育成をしている。

複数の種を食べさせれば何種類もの花を咲かせることもできるが、大抵は一種類の花しか咲かせないものがほとんどであり、複数の花を咲かせた花鹿はとても高値で売買される。

どの種とどの種の食べ合わせがよいか、あの花を咲かせるにはどれだけ種子を食べさせればよいかなど、花鹿衆たちは日夜研究を重ね立派な花鹿を育てようと努めている。

「触らせてくれたぞ！　それにどんどん寄ってくる！」

いつの間にか花鹿たちに囲まれていた明時は、花鹿の頭を撫でながら嬉しそうにしている。花鹿たちは初めて見る明時に興味津々な様子で明時を囲み匂いをかいでいた。

「花鹿は人懐こいからね。四季鹿はそれぞれ性格にも特徴があって、花鹿は人懐こくて、輝鹿は気性が荒くて、彩鹿は穏やかで、雪鹿は誇り高いんだ」

「なるほど、銀花と違ってかわいいな」

「そんなこと言うと、また銀花に蹴られるぞ」

花鹿は雪鹿よりも体格が一回り小さく、雪鹿と違って友好的だ。明時のような初心者でも触れることができる。

休んでもいいと言われても鹿師の性分は抑えられないもので、八重たちに頼んで鹿の世話をさせてもらうことにした。この時期に花を咲かせている花鹿の花は椿や梅で、見るだけで華やかな気持ちにさせてくれる。

明時も手伝わせてもらっており、慣れない手つきで鹿の乳を搾っていた。

天上に捕らわれていた明時にとって見るものすべてが珍しいのだろう、なにをするにも目を輝かせて楽しそうだ。

「素直でいい子じゃないか」

小春は花鹿に餌をやっている凍月に近付き、乳を搾っている明時を見遣りながら言う。

「あの子が何者なのか、私にも言えないのかい？」

小春は声を潜め問いかけてくる。凍月の胸はドクリと鳴るが、本当のことは言えなかった。

「……今は言えません。でも、真冬を無事に助けることができたら必ず話します」

「……そうかい。なに、疑っちゃいないよ。それほどまでの事情があるんだろ」

そう言うと小春は淡く微笑み鹿の世話へと戻って行った。明時の事情を話しても小春は信じてくれるだろうが、これ以上小春に心配をかけたくなくて凍月は言葉を呑みこんだ。

夕刻になると町に出ていた小春の夫の茂《しげる》と息子の春一《はるいち》が帰って来て、行方不明だった凍月と見知らぬ明時がいることに驚いていたが、事情を話せば快く迎え入れてくれた。

夕飯も一緒に食べさせてもらえることになり、皆で囲炉裏を囲んで夕飯をとった。

夕飯は本日獲ったばかりの猪の肉と山菜をふんだんに入れた鍋であり、二人は炊き立てのご飯を山盛り振る舞ってもらった。

久々の大人数で囲む賑やかな食卓に、実家にいた頃を思い出し凍月は懐かしい気持ちになる。実家を出てまだ四日しか経っていないのだが、家族の顔が恋しかった。

「ちょっと、明時くん、どうしたんだい？」

茂が目を丸くして言うので、凍月は「え？」と隣にいる明時に顔を向ける。すると明時がご飯を食べながらぽろぽろと涙をこぼしていたものだから、凍月は驚愕してしまう。

「え、明時どうしたの⁉」

「いや、こんなに美味いものは初めて食べたから思わず涙が出てきてしまった。小春殿、感謝する」

明時は涙を拭いながら頭を下げる。黙々と味わって食べている明時を、皆絶句して見つめた。「よほど大変な暮らしをしてきたんだな……」と茂は唖然として言い、小春が「遠慮しないで、どんどん食べな」と声をかけると、明時は本当に遠慮せずにどんどん食べていった。

「しかし、二人は夏陽国に向かおうとしているのか……。船着き場近くの村ではいまだに龍がたむろしていて、誰も近づけない状況だ。でも、近々国が兵を討伐に向かわせるって話を町で聞いたから、もうじき倒されるかもしれないよ」

茂は凍月たちに向かって言う。

「それならいいけど……、いつになるか分からないね。あんたたちは龍が退治されるまでここにいていいからね。もちろん、仕事は手伝ってもらうよ」

小春は微笑んで言ってくれるが、凍月の不安は晴れない。兵が龍を退治に向かうといっても、長丁場になる可能性は大いに考えられる。それまでここで待つか、それとも冬月国を経由する経路で急いで行くか、どちらの方が早く天上に着けるか考えあぐねてしまう。

「いや、いつまでもここにいるわけにはいかない。明日にはここを発った方がいいと思う」

唐突な明時の言葉に、場の視線が一気に明時に向いた。

「もう気付かれているかもしれないが、最近天人たちが捜しているという天上から逃げた男とは私のことだ。昨日も天人が花鹿衆の村に来たというし、このまま私がここにいれば天人に見つかり、あなたがたが私を匿った罪に問われるかもしれない」

明時はもっともなことを言うが、「でも、そしたらあんたたちはどこに行くつもりだい」と小春は驚きを隠せない様子で問いかける。

「その三体の龍のところに行ってみようじゃないか。倒せるようなら倒してこよう」

「はぁ⁉」

凍月は思わず声を上げ、持っていたお椀を落としそうになる。

「話を聞いていたのか明時？　腕利きの退治屋たちがまったく歯が立たなかったんだぞ！」

「まぁそうだが、ここでうだうだしていても仕方ないだろう。冬月国を経由する経路では確実に妹を助けることはできなくなるのだろう？　なら、龍を倒して行くしかないじゃないか。最悪倒せなくても船着き場に行く抜け道を見つけることができるかもしれない」

明時は一切迷いのない瞳で凍月を見返す。「そんな無茶な……」と凍月は声をこぼすが、意思の強い東雲色の瞳は何を言っても揺るぎそうになかった。

「……分かったよ明時。君の案に乗ろう。ここに長居しても、花鹿衆のみんなに迷惑をかけるだけだ。他に行く方法がないか探しに行こう」

ため息交じりに言えば、明時は顔を明るくさせ小春たちは息を呑んだ。

「龍を倒すのは最終手段だぞ」と凍月は念を押すと、「分かったよ」と明時は笑って返してくる。

「本気で行く気なんだね……。でも、無茶はするんじゃないよ。無理だと思ったら帰っておいで」

優しく言ってくれる小春に、「ありがとうございます」と凍月は答える。その優しさは有り難かったが、明日発ったらよほどのことがない限り戻ろうとは考えなかった。これ以上彼女たちに面倒をかけたくなかったのだ。

食事が済み眠る時間になると、凍月と明時は囲炉裏の横で寝かせてもらうことになった。

凍月は横になり目を閉じていたが、明日のことを考えると中々寝付けない。一度寝返りをうち薄く目を開けると、横を向いていた明時と目が合った。どうやら明時も寝付けないでいたらしい。

「……本気で龍を倒す気じゃないだろうな」

凍月は小さな声で問いかける。「本気だぞ私は」と明時が平然と言ってくるので凍月は思わず眉をひそめる。

「死なないからそれを武器に捨て身の攻撃をして勝とうとしているのなら、俺は君を止める」

「分かっている、ちゃんと相手を見極めて戦いに挑むさ。まずは偵察に行こうじゃないか。事前に準備してから向かおう。無理だと分かったら即座に撤退する」

明時の言葉に嘘偽りがないことは分かっているが、正直不安だ。明時が無理に龍に挑もうとしたら絶対に止めようと凍月は心に決める。

「それに、お前も一緒に戦ってくれるんだろう？　頼りにしてるぞ相棒」

明時は悪戯っぽく笑うので、凍月は思わずため息が出る。「……戦闘は苦手なんだけどなぁ……」とつぶやけば、「お前が怪我をする前に撤退するから大丈夫だ」と明時は微笑む。

凍月はおもむろに懐に入れた宝玉に触れる。まだ、宝玉の力を意のままに扱えるわけではない。でも、真冬を助けに行くためには、龍を越えていかなければならない。夏陽国に行くためにどうしても龍を倒さなければならないというのなら、明時と共に戦う覚悟を決めよう。

絶対に夏陽国に行ってやる。

凍月は宝玉を握り締め決意した。

気付けば眠っていたらしく、鶏の鳴き声で目が覚めた。明時もほぼ同時に目を覚まし、二人はさっそく出発する準備をした。凍月は小刀を懐に忍ばせ、弓矢を背負う。弓は得意ではないが、無いよりはましだろうと考えていた。

「明時、あんたはこの服を着な」

不意に小春が深紅の着物を持って明時に手渡した。言われるがまま明時が着替えると、凍月は「ん？」と声が出てしまう。

「……小春さん、この着物、女性のものじゃないですか」

凍月が問いかけると、「あぁ」と小春はにっこり笑う。

「天人たちが明時を捜しているからね。変装して行った方がばれないだろう。女の着物を着れば、あんたを男だと思うやつはいないだろうさ」

明時が困惑した顔で「そうなのか？」と問いかけてくるので、凍月は「うん」と頷いた。

男物の着物を着ているときでさえ女に間違われていたというのに、女物の着物を着た今はどこからどう見ても可憐な女子に見える。

「それと、これは春一と八重の通行手形だ。船着き場にある関所を通ることになったとき、四季鹿の品評会に向かうって言えばいい。立派な銀花を見せればすぐ納得してくれるだろうさ。あとこれも持っていきな」

そう言って小春は通行手形と何かの入った袋を二人に渡す。袋を開いて中を見ると、たくさんの銭が詰められており凍月は目を丸くする。

「天上までの路銀だ。それだけありゃ足りるだろう」

「いえ、こんなに貰うわけには……」

「遠慮するな、無事に真冬を助けて戻ったら返しに来な」

快活に笑う小春に、「何から何までありがとうございます」と凍月は恐縮して頭が下がった。その様子に小春は目を細め微笑む。

「昨日、じい様に伝書鳩を飛ばしておいたよ。凍月は無事で、勇ましい相棒と共に真冬を助けに向かったってね。……くれぐれも無茶するんじゃないよ。昨日も言ったけど、無理だと思ったら帰ってきていいからね」

「はい。俺たちが帰ってこなかったら、そのまま夏陽国に向かったと思ってください」

凍月が言うと、小春は視線を凍月から明時に移した。

「凍月を頼んだよ。あんたの神伴なんだから」

小春の言葉に、二人は目を見開き顔を見合わせた。

「……いつから気付かれていたんですか？」

明時が尋ねると、小春は「やっぱりか」と苦笑する。

「凍月が自分のことを神伴だと言ったときから、薄々ね。神様と神伴はいつも一緒にいるんだろ？　あんたが天上からやって来て、龍を倒そうとしているって聞いて確信したよ。安心しな、誰にも言わないからさ」

小春は真剣な顔つきになって凍月と明時を見つめる。深い濃紺の瞳が父の瞳と重なって、凍月は思わず背筋が伸びる。

「真冬を頼んだよ」

強くはっきりとした言葉に、二人も「はい」と強く返事を返した。

その後二人は銀花を連れ、小春の家族たちに見送られながら龍がいるという船着き場へ向かって行った。

花鹿衆の村から道なりに進み、いくつかの村や町を越え、船着き場近くの宿屋に着いたのは村を発ってから四日後の夕刻だった。宿屋で一泊し、翌朝すぐ船着き場へ向かおうとすると、親切な宿屋の主人に行かない方がいいと止められたが、二人は適当に言い訳し先へと進んで行く。

道を進むにつれすれ違う人はいなくなり、正午まで歩けば人どころか虫の音すら聞こえなくなった。吹く風もどこか気味の悪い生温さを纏っている。

「なんか空気が重い気がする……」

「龍の妖気だろう。妖気が濃くなっているということは、龍に近付いているってことだ。こっちの方向で間違いないな」

恐怖を感じ始めてきた凍月に対して、明時は臆すことなく空気が重くなる方へと進んで行く。銀花も嫌な予感がするのか進むのを渋るような素振りを見せたが、凍月は銀花を落ち着かせて明時とともに進んでいった。

ふと三叉路《さんさろ》の道の中央に女性が一人立っているのが見え、凍月は思わず立ち止まる。女性も凍月たちに気付いたようで顔を向けてきた。

なぜこんなところに一人でいるのだろうと凍月が注意して女性を見た瞬間、背中がぞくりと震える。

彼女は黒い長髪を一つにまとめ三つ編みにしており、鈍色の着物を着た嫋《たお》やかそうないたって普通の女性だ。しかし、その黒く静かな瞳の奥底に計り知れない何かを隠しているような気がして、凍月は思わず彼女から視線を外したくなる。明時も女性の異様な雰囲気に気付いたようで、険しい顔をして道を進んで行く。

「ここから先に行ってはいけませんよ。この先の村で龍が暴れていますからね」

近づくと女性は林道の方を指さし穏やかに言った。特に敵意は感じられないが、凍月が注意しながら「あなたはなぜここにいるのですか」と訊くと、「私は村から逃げてきたのです」と女性は静かに答える。

その瞬間、明時は抜刀し女性の眉間に切っ先を向けた。「え、何やってんの⁉」と凍月は声を上げるが、明時は答えず厳しい眼差しで女性を睨みつけている。

「貴様、人間じゃないな。うまく妖気を隠しているようだが、私の目は誤魔化せんぞ」

「ほう」

女性が感心したように声をこぼした瞬間、雰囲気が変わった。嫋やかで無害そうな女性から、得体の知れない何者かに変わったようだった。

「良い目だな。初見で人間でないと見抜かれたのは初めてだ」

切っ先を向けられているにも拘わらず、女性は一切動じる様子も見せず真っ直ぐに明時を見つめ続けている。明時は険しい表情のまま「何者だ」と問いかける。

「相手に名を訊くときはまず自分から名乗るのが礼儀だろう」

女性は抑揚なく明時に返す。あまりにも落ち着き払った声だった。見た目は普通の女性で武器を持っている様子もない。しかし、眉間に切っ先を向けられていようが、凍月たち二人など恐るるに足りないと思っているかのような落ち着きようだ。

「私の名は明時。季節神の一人で、こっちは私の神伴の凍月だ」

「え、言うの⁉」

今まで隠し続けていたことを、見ず知らずの女性にいとも簡単にばらすので凍月は動揺する。「言った方がいい、下手な嘘はこいつに通用しない」と明時は女性を睨みつけたまま凍月に答えた。

「なるほど。人間ではないと思ったが、神だったか」と女性はさほど驚きも見せずつぶやく。

「次はお前が名乗ってもらおう」

　明時が強く言えば、女性は素直に口を開いた。

「私の名は陸《りく》だ。九頭龍の陸《ろく》番目の頭だったからそう名乗っている」

「くずりゅう……？」

　聞き慣れぬ言葉に凍月は困惑するが、明時は陸と名乗った女性をさらに鋭く睨み、刀を持つ手に力をこめた。

「九頭龍はかつて四季神に倒され天上に封印されているはずだ。なぜここにいる」

「天上から邪神が逃げたから、そいつを捕まえてこいと天人に言われ封印を解かれたんだ。捕まえてきたらある程度の自由をやると言われてな。……ん？」

　陸は首を傾げまじまじと明時を見つめる。

「もしや、その邪神とはお前のことか？」

「……そうだ。お前は私を捕まえにきたのか？」

「そうだったんだが、今となってはどうでもいい。私はこの先の村で好き勝手に暴れている兄弟たちを斃《たお》したいだけだ」

「兄弟だと？」

　明時は緊迫した表情で陸の言葉の本質を見抜こうとしているようだが、陸はどこまでも緊張感なく静かに明時を見据えている。一人蚊帳の外の凍月は困惑したまま二人のやり取りを見守るしかなかった。

「順を追って話そう。まずは刀を納めてくれないか」

「私を捕まえる気はないんだな」

「あぁそうだ。もし本気で捕まえる気なら、とっくにお前らを捕まえているさ」

　明時はしばらく陸を睨みつけていたが、やがて緊張を解き刀を鞘に納めた。陸は「ありがとう」と礼を言い、明時は依然として陸に強い眼差しを向けている。

「ねぇ明時。九頭龍ってなに？」

「……遥か昔、四季神たちがアマツクニに降り立ったころ、地上で暴れ猛威を振るっていた龍だ。一つの胴体に頭が九つある姿をしているから九頭龍と呼ばれている。四季神たちは戦いの末九頭龍の体をバラバラに離して九体の龍にし、やっとのことでそのうちの五体を殺し、四体を封印したと聞いている。この陸とやらは封印された四体のうちの一体だろう」

「え！　そんなとんでもない龍なの⁉」

　まさか目の前の女性がそんな凶悪な龍だとは思わず、凍月は驚愕の声を上げる。陸はなおも静かな瞳で凍月を見つめた。

「その通り、私は封印されていた四体のうちの一体だ。九頭龍は正面から見てっぺんにある頭を壱《いち》として、そこから右回りで弐《に》、参《さん》、肆《し》と順に名がついている。今生きているのは私と壱と参と漆《しち》だ。私は陸番目だから陸と呼ばれていたんだが、体が分かれた今陸《ろく》と名乗るのが癪《しゃく》だから陸《りく》と名乗っている」

陸は平然と説明するが、凍月は信じられない思いで陸を見返した。遥か太古に四季神と戦った龍だなんて、まったく想像が及ばない。

「じゃぁ、この先で暴れている三体の龍って……」

「お察しの通り私の兄弟である壱と参と漆だ」

凍月の問いに陸は淡々と答える。

「なるほど、九頭龍ならば人間が束になっても敵わないわけだ」と明時は納得したように頷くが、「四季神でやっと封印できたくらいなら、もう誰にも止められないんじゃゃ……」と凍月は絶望的な気持ちになってくる。

「人間たちでは相当数がいなければ敵わんだろうな。私でも兄弟たち三体相手では厳しい」

明時はぎろりと陸を睨む。

「……先ほど兄弟たちを斃したいと言っていたな。なぜだ」

「なぜって、嫌いだからだよ」

陸は今まで無表情だった顔をしかめて嫌悪感をあらわにした。

「昔から兄弟たちとは気が合わなかったんだ。四季神との戦いだって、私は気乗りしなかった。元々暴れていたのはあいつらだけで、私は何もしてないのに体がくっついているから、私まで暴れていると勘違いされた。四季神に体を分断され五体の兄弟が殺されたとき、他の兄弟は弱体化してしまったと嘆いていたが、私はようやく体が離れ独立できて清々しかったよ。封印されていても、体が離れただけで嬉しかったもんだ」

陸は小さくため息を吐くとさらに言葉を続ける。

「今回だって、私はとっとと邪神を捕まえて真っ当な自由を手に入れようと提案したのに、あいつらときたら天人の言うことなんて端から聞く気はなかったんだ。封を解かれて自由になったから、これから好きに生きるとあいつらは言った。その結果がこれだ。この周辺の村を荒し好き勝手やっている。まだ死人は出ていないものの、このまま放っておいたら確実に死人が出る。そうなったら自由どころか良くて封印、悪くて殺されるかだ。私は何もやってないのに、あいつらのせいで私まで悪いと思われてしまう。そうなる前に私が兄弟たちを殺してやるさ」

陸の言葉の力強さに、凍月は彼女が本当に兄弟たちを嫌っていることが分かった。

「なんでそんな危険な龍の封印解いたんだよ……」と凍月が呆れてこぼすと、「封印中は大人しくしてたからな。大丈夫だと勘違いされたんだろう。まったく、天人たちも阿保なやつらだよ」と陸は冷たく言い捨てる。

「……陸、私たちは夏陽国に行くために進みたい。そのためこの先にいる龍たちを倒そうと思っている。その龍たちが私のせいで封印を解かれ人々に被害をもたらしているというなら、なおのこと私が倒さなければならない。お前も兄弟を斃したいというのなら、私たちの利害は一致している。どうか協力してくれないか」

明時は先ほどまでの殺気を消し陸に言う。陸は「ふむ」と顎に指を添え熟考するように明時と凍月をじっくりと見た。

　急に協力を要請した明時に驚き、凍月は「この人……じゃなくて龍、信用していいの？」と明時の耳元で問いかける。

「敵意はまるで感じない。先ほどの言葉も嘘じゃないだろう。元九頭龍三体が相手ともなれば私たちに勝機はないが、陸を味方につければ勝機はある。なにせ兄弟だ、相手の弱点も熟知しているだろう」

「それはそうだけど……」

　確かに元九頭龍三体を相手にするならば、同じ九頭龍であった陸が味方になれば頼もしいことこの上ない。しかし、それでも凍月は勝機がまるで見えなかった。

「いい刀だな。それなら兄弟の頸を斬れるだろう」

　不意に陸は明時の腰に携えた刀を指さして言った。「これは私の神器だ。妖怪を斬ることに特化している」と明時が返せば、次に陸は凍月に視線を向けた。

「お前は神伴だったな。神伴は宝玉を持っているはずだ。お前の宝玉の力を見せてくれ」

「え、いいけど……」

　凍月は懐から宝玉を取出し陸に見せる。力を見せろと言われても、凍月は意のままに宝玉から力を引き出すことができないのでどうすることもできない。おそらく、危機が迫っている状況下でなければ宝玉の力を引き出すことができないのだと凍月は考えている。

　しかし、陸は宝玉を見た瞬間「うっ」と苦しそうに呻き両腕で顔を覆った。

「しまってくれ！」と陸が声を上げるので、凍月は慌てて宝玉を懐に戻す。

陸は一息つき両腕をおろすと、目を瞬かせて凍月を見た。

「なんと、妖気を滅する力か……！　見事なものだな」

「え、俺まだなにもしてないんだけど……」

「そうなのか？　しかし、その宝玉はお前が触れているだけでもわずかながら力を発しているようだぞ。私のような強大な妖怪ほどその宝玉の力に弱くなる。なるほど、よい力だ。そしてよい鹿も連れているな」

陸はまじまじと凍月と銀花を見つめ「よし」と頷く。

「いいだろう。お前たちに協力して兄弟たちを斃そう。実は兄弟たちを斃す計画を立てていたが、私一人では厳しそうでな、お前たちがいればなんとかなりそうだ」

陸は右手を差し出し、明時は迷わず陸の手を取って握手をした。交渉成立のようだ。そのあと陸は凍月にも手を差し出したので、凍月はおずおずと手を握る。その感触はやはりただの女性の肌で、想像していた龍の肌とかけ離れている。

「兄弟たちはこの先の村にいる。ついて来てくれ」

そう言って陸は分かれ道を船着き場の方向ではなく林道の方へと進んで行く。二人も陸のあとをついて行った。

「陸はなんで女性の姿で道に立っていたの？」

凍月は前を行く陸に問いかける。

「龍の姿では小回りがきかなくてな、地上を少し歩いただけでまわりのものを壊してしまう。それに兄弟たちに気付かれたくないから人間の姿に化けている。あそこに立っていたのは、稀に事情を知らない人間が先に進んでしまうことがあるから、進まないように声をかけていたんだ」

「へぇ……優しいんだね」

「そうか？　ただ面倒ごとを避けたかっただけだよ」

確かに、陸の淡泊な言動にはあまり優しさを感じず、常に自分のために行動しているように凍月には感じられた。兄弟を斃したいのは人を守るためではなく、自分に罪を科されないためであるし、人が九頭龍の元に行かないようにしたのだって、兄弟が罪を増やし無関係な自分まで罪を増やされないためだろう。

それでも、下手に優しい者よりも、陸のような自分の利のために動く淡泊な者の方が凍月は信じられた。

それに、先ほど陸は弱点を見せた。

もしも陸が裏切るような真似をすれば、宝玉の力で即座に撃退しようと凍月は考える。

しばらく林道を歩くと何件か民家があったが、人がいる気配はなかった。

「誰もいないね」と凍月はぽつりとつぶやく。

「近場の村の者は皆逃げてしまって人っ子一人いない。だが、兄弟たちが根城にしている村には結界が張ってあってな、逃げられないようにしているんだ。恐怖に戦《おのの》く村人たちを見て楽しんでいるらしい。まったく、我が兄弟ながら気持ち悪い趣味だよ」

「……え、結界が張ってあるってことは俺たちも入れないいんじゃないの？」

「大丈夫だ。内から外には出られないが、外から内には簡単に入ることのできる結界だ。兄弟たちは長年の封印で弱っていて、脆弱《ぜいじゃく》な結界しか張れなくなっているらしい。お前たち、結界解呪の術は心得ているか？」

「いや」と凍月と明時が首を振れば、「そうか、じゃぁ結界内に入るのはやめておこう」と言って唐突に陸は立ち止まる。

「ここから先に結界が張ってある。見えるか？」

陸は前を指さすが、凍月はどれだけ目を凝らしてもただの林道にしか見えない。

「……薄い膜のようなものがあるな」

「え、明時分かるの？　俺なにも見えないよ」

「人間が視認するのは難しいだろうな。その鹿は分かっているようだ」

陸の言葉に銀花の方を振り向けば、確かに銀花も何かに警戒しているかのように後ずさっている。この中で見えてないのは自分だけなのかと、凍月は複雑な思いを抱きながら何もない道を見つめた。

「兄弟たちは昼間は大人しいが、夜になれば騒ぎ出す。私は闇夜に紛れ結界の中に入り兄弟たちを偵察し、朝になれば結界を出てこの村に近付こうとする者を追い払っていたんだ」

「……一度結界内に入れば、龍どもを斃さない限り外には出られないのか？」

「結界解呪の術を心得ていないならそうなるな。無策で結界の中に入るのは危険だ。一度戻って作戦を話そう」

明時の問いに陸は簡素に答え、来た道を戻っていく。「戻るってどこに？」と凍月が陸の背に向かって尋ねると、「ここまで来る途中で空き家がいくつかあったろう。もう日が暮れる。空き家の中で話そうじゃないか」と陸は答えて進んで行く。

凍月と明時も陸のあとを追って来た道を戻り、一番近くにあった空き家へとあがった。家の中には家財や食料が残っており、この家に住んでいた人が慌てて逃げ出して行ったのが分かる。

ここに来るまでに通った町や村には龍から逃げてきた人々がいたが、行き場を失い路上で物乞いをして過ごしている人も少なくはなかった。早く龍をなんとかしなければと、行き場を失った人々の顔を思い出しながら凍月は思う。

「兄弟たちは今弱っていて力を蓄えている状態だ」

陸は家にあがるなり淡々と説明を始める。

「最近は見かけないが、兄弟たちが船着き場で暴れ出したときは、連日のようにたくさんの退治屋が来て戦いを繰り広げていた。全員追い払ったが、ただでさえ長年の封印で力を失っていた兄弟たちはさらに消耗し、近場の森で休み回復を図っている。村を支配しているのはそのついでのようなものだ」

「戦うなら今が好機ということか」と明時が問えば、「あぁ」と陸は頷く。

「兄弟たちは村の人間たちに生贄として若い娘を差し出させ、それを食らって力を取り戻そうとしている。その前に斃さなければ」

　酷い話に凍月は顔をしかめ、明時も苦い顔をしながら口を開いた。

「生贄を差し出させるということは、村人全員を食べるわけではないということか。九頭龍ほどの巨大な龍がたった娘一人を食って力を取り戻せるものか？」

「いや、腹の足しにもならんだろうな。兄弟たちは趣味が悪いんだ。村人が誰を生贄に出すかで争うのを見て楽しみ、恐れ戦く生贄を愉《たの》しみながら食らい、さらに生贄を要求し、最終的に村人全員を食らうつもりだと思う。まったく、人間が恐怖する姿を見て何が楽しいのか理解できない」

　陸は無表情に話を続けるが、言葉の節々に兄弟たちへの嫌悪感がもれ出ていた。「とんだ悪龍どもだな」と、明時も嫌悪感をあらわにしてつぶやく。

「陸も長い間封印されてたんでしょ。弱ってるんじゃないの？」

「その通り、私も本来の力が発揮できない。だから兄弟を食いたい」

　淡々と予想だにしないことを言い出す陸に、凍月は「共食いするってこと？」と驚いて聞き返す。

「あぁ。一体だけでいい。一体だけでも食うことができれば、私は本来の力を取り戻せるだろう。そうすれば、弱っている兄弟たちに対して優位に立てる。その一体の討伐をお前たちに頼みたい。そうすれば残り二体は力を取り戻した私が斃そう」

唖然としている凍月をよそに、「そういうことか」と明時は納得したように頷いた。

「狙うなら壱だ」と陸は人差し指を立てて鋭く言う。

「あいつは四季神との戦いで左目を潰されているから死角が多い。うまく隙を狙えばお前たちでも勝てるだろう」

そうは言われても、凍月は明時と二人で龍に勝てる未来がまるで思い浮かばない。それなのに明時は一つも臆することなく「決行はいつにする？　生贄がいつ決まるか分かるか？」と問いかけている。

「満月の夜だ。それまでに決行しよう」

「あと五日もないのか……」と凍月は思わずつぶやいた。今日は二月の十日だ。それまでに龍たちに勝つための計画を立てなければならないことになる。

「……生贄は若い娘だと言ったな。その生贄になりすまし、満月の夜に隙をついて斃すというのはどうだ？」

唐突に言う明時に、「ほう」と陸はこぼし、凍月は「え？」と眉を寄せた。

「なりすますって……まさか明時、君が生贄の女性と入れ替わるってことか？」

「あぁそうだ、不服だが私は女性によく間違われるからな、いけるだろう」

「え、まぁ、いけると思うけど……」

やっぱり不服だったのか、とは言わずに凍月が頷けば、「陸もそう思うだろ？」と明時は陸に話を振る。

「すまない。私は人間の性別どころか年齢も見た目では判別できない。正直皆一緒に見える。人間の凍月が言うのなら大丈夫なんじゃないか？」

あまりにも大雑把な言い分に「適当だな……」と凍月は声がもれる。「じゃあ大丈夫だな」と明時も細かいことは気にせず言うので、凍月はさらに不安になってきた。

「なら、決行は満月の夜としよう。私からも一つ提案がある。兄弟たちは酒が大好きでな、生贄に行くのと同時に毒の入った酒を持って行くのはどうだろう。より弱って倒しやすくなると思う」

「それはいい案だが……。龍には並大抵の毒は効かないと聞いたことがあるぞ。そんな強力な毒はどこにあるんだ？」

明時の問いに、陸は当然のように「そこにあるじゃないか」と言って凍月を指さすので、「え、俺？」と凍月は狼狽えてしまう。

「凍月の宝玉だ。妖気を滅する力など、私たち妖怪にとっては毒でしかない」

凍月は息を呑み懐に触れる。

「……宝玉を飲ませるってこと？」

「いや、酒に宝玉をつければ、その酒に妖気を滅する力が宿ると思う。たぶん」

「た、たぶんて……」

「酒に梅をつければ梅酒になるだろう。似たような感じでいけるはずだ」

あまりにも適当な陸の説明に凍月は呆れてしまう。確かに自分の宝玉は陸に対して効果てきめんだったので、陸の兄弟たちにも効くとは思うが、それでも梅酒と同じようになるとは思わない。しかし、明時は神妙な面持ちで陸の話を聞いている。

「確かに、毒を浄化する力を持つ宝玉を普通の水の中に入れておいたら、その水にも毒を浄化する力が宿り、いかなる毒も治す解毒薬になったという逸話を聞いたことがある。陸の言う通りいけるかもしれない」

「明時まで……。まぁ、やるだけやってみるよ」

凍月はため息を吐きつつ承諾する。「よし、決行までに色々準備をしよう」と陸は意気込んだ。

「……陸は兄弟たちを斃したらどうするつもり？　明時を捕まえろって天人に言われてるのに、背いたら捕まえられるんじゃないの？」

凍月が疑問を口にすると、陸ははっとしたような顔をして考えこむ。

「そうだな……。斃した兄弟の首を持って天人たちに見せに行き、天上に逆らう意思がないことを示そう。それで駄目なら大人しく捕まるしかないな」

陸は淡々と言い、「お前ほどの龍ならば天人たちを蹴散らせるだろう。逃げないのか？」と明時は怪訝そうに尋ねた。

「天人たちなど恐るるに足りないが、季節神たちが出てきたらいささか面倒だ。私は別に争いたいわけじゃない。ただ平和に暮らしたいだけだ。一生逃げ続けるのも、天上と争うのも面倒でしかない。それなら大人しく捕まって封印されていた方がましだよ」

どうやらこの陸という龍は、本当にただ争いなく静かに暮らしたいだけなのだなと凍月は思う。ほかの暴れている龍と比べて、なぜこの龍だけこんなに静かなのだろうかと不思議になってくる。

「お前たちこそどうするんだ？　夏陽国に逃げたとしても、天人の使いはアマツクニ中にいるぞ。逃げ切れるとは思えない」

陸の言葉に凍月は明時と目配せをし口を開いた。

「俺たちはただ逃げているわけじゃない。妹を助けに天上に向かっているんだ」

「どういうことだ？」

凍月が今までの経緯《いきさつ》を話すと、陸は感情の読めない顔を少しだけしかめた。

「なんと、そんな事情があったのか。それはなんとしても天上に行かなければいけないな」

「……無事にお前の兄弟たちを斃し、お前が首を持って天人に会いに行っても、私たちのことは秘密にしてくれないか」

「もちろんだ。お前たちのことは誰にも話さない。それに、私はどうも明時が邪神とは思えない。第一、十三番目の神などよくあることなのに、それだけで邪神だと決めつける意味が分からないからな」

「え⁉」

凍月と明時は驚愕の声を上げる。

「十三番目の神のことを知っているのか⁉」

明時は前のめりになって問いかけ、陸は目を少し丸くさせる。

「あぁ。私は天上の宝物庫の水晶の中に封印されていて、たまに外から天人たちの話し声が聞こえることがあってな。十三月の神についての話を何回か聞いたことがある。……そういえば、千年前くらいから十三月の神についての話は聞かなくなったな……」

陸が思い出すように言えば、明時はじれったそうに「何か十三月の神について知っていることはないのか？」とさらに問いかける。

「すまんが詳しいことは知らない。何せ封印されていたものだから、断片的にしか天人たちの会話を聞けなかったんだ。役に立てなくて悪いな」

「……いや、千年前に十三月の神がいたという情報だけで充分だ。あとは、この千年の間になぜ十三月の神がいなくなったか分かればな……」

明時は何か考え込み、凍月はようやく見えた一筋の光明に胸が沸きたつ。今までなにも分からなかった明時の存在理由に、少しだけ近づけそうな気がした。

「一歩進んだね」と凍月が明時の方を向くと、「あぁ」と明時は微笑む。

「私に何か協力できることがあったら言ってくれ。兄弟を討つのに協力してもらうんだ。私もお前たちに協力しよう」

陸は拳に力を込めて言ってくれるので、「ありがとう」と凍月は礼を言う。

陸は淡泊で優しさが感じられないと思っていたが、しばらく話せばその印象は変わっていった。物事に執着せず人にもあまり興味を示さないが、真面目で律儀な龍らしい。

陸なら自分たちを裏切ることはなさそうだと、凍月は真剣に自分たちを見つめる陸を見ながら思う。

「やっぱり陸は優しいね」と凍月が言うと、「そうか？」と陸は首を傾げた。


三体の龍に支配された村で、一人の娘が生贄に出されることになった。

生贄に出される満月の夜、娘は一人で村近くの森の中にある泉で身を清めていた。

衣服を脱ぎ泉の中に入ってすすり泣きながら身を清めている娘の背後から、二つの人影が近付いていく。

「もしもし、お嬢さん」

「きゃあぁぁぁ!!」

明時の声掛けに娘は金切り声を上げ振り向く。

震える娘を落ち着かせるように「大丈夫だ、私たちは怪しい者じゃない」と陸は怪しさ満点の言葉を使い、「そうだ、安心してくれ」と明時は穏やかに言うが、娘は二人から後ずさっていく。

頼むからうまくいってくれと、凍月は銀花と一緒に木陰で様子を窺いながら強く願った。

明時と陸なら見た目が女性なので娘に警戒されないだろうと考えていたが、幸先不安である。

結界の中に無事入ることはできたが、いきなり村に行き事情を話しても怪しまれるだろうということで、直接身代わりになる娘と話すことにした。しかし、突然現れた見知らぬ二人組に娘は明らかに怪しみ恐怖している。

さすがに水浴中はまずかったんじゃないかと凍月は思うが、ようやく娘を見つけこれ以上時間もないので仕方がない。

「本当に怪しい者じゃないんだ。私たちは国に雇われた退治屋でな、この森にいるという三体の龍どもを討伐しに来た。今夜あなたが生贄に出されると知り、龍どもを油断させるため私があなたの身代わりとなりたいんだ」

明時は刀を見せながら娘に言い、「え、え?」と狼狽えながら娘は明時と陸を交互に見る。

「ほ、本当に退治屋さん……?」

娘は震えながら声を出し、「あぁ」と二人は力強く頷く。娘は目に涙をいっぱいにため、

「私の身代わりになってくれるんですか……?」と弱弱しく問いかけた。

「あぁ、そうだ。あなたは村に戻るといい」と明時はなだめるように言うが、娘の震えは止まらない。

「で、でも、村に戻ると、逃げてくるなってみんなに怒られてしまう……」

「そうか、なら村には戻らず安全な場所で一晩身を潜めているといい。今晩中には片付くはずだ」

「今晩中って……今まで何人もの退治屋さんが負けたって聞いてます。本当にあなたたち二人だけで勝てるんですか……?」

明時の言葉を信じず震え続ける娘に対し、明時は「勝てるさ」と言い切り鞘から刀を抜いた。

朔月刀の黒い刀身が満月の光を反射して輝き、娘は目を見開きその光に見入った。

「私たちは今までの退治屋とは違う。必ず今晩中に龍を討ち取ろう。……しかし、ちょっと訳ありでな。私たちのことは村人には話さないでくれないか？」

「え、ど、どうしてですか？」

「それは言えない。深い理由があるんだ」

明時は刀を鞘に戻しながら静かな瞳で娘を見つめる。東雲色の張り詰めた美しい明時の瞳は、どうも人を納得させる力がある。娘は逡巡《しゅんじゅん》するように目を泳がせていたが、やがて震える声で「分かりました」と答えた。

「協力ありがとう」と明時がにこりと微笑むと、娘は見惚れるように明時を見つめ小さく礼をした。

二人は凍月の方に戻って来て、皆で龍たちのいる場所へと向かう。

「第一段階はなんとかなってよかった……」と凍月がこぼせば、「ここからが本番だ」と明時は力の入った声で答えた。

ときおり地響きのような音が山全体に響き、巨大な龍がどこかに潜んでいることが分かる。陸は妖気で兄弟たちの居場所が分かるようで、暗い森の中を迷いもせずどんどんと進んで行った。空気が次第に重くなっていくのを感じ、凍月の心臓の鼓動は速くなっていく。

気付けば凍月は無意識のうちに懐を触っていた。

できるだけの準備はした。充分な矢を持ち、左目に怪我を負っているという壱番目の龍の倒し方を何度も話し合い、酒屋で買える限りの酒を買い陸の言う通り酒に宝玉を浸した。酒に宝玉を浸しただけではなんの変化もなかったが、驚いたことに凍月が手に持ったまま宝玉を酒の中に四半刻ほど浸すと、本当に酒は妖気を滅する酒となった。

陸が少し舐めただけで気を失いかけたくらいなので、効果は絶大なはずだ。

大丈夫。酒と、宝玉と、陸と明時がいる。

勝てるはずだと凍月は自分に言い聞かせ、震える胸を落ち着かせ陸に続き歩いて行った。

不意に陸は立ち止まり凍月たちの方を向く。

「ここから先を左に曲がりしばらく進むと木々が開けた場所に出る。そこに兄弟たちがいる。私はこれ以上進んだら妖気で兄弟たちにばれてしまうから行けない。お前たちで壱を斃してくれ。もしものことがあればすぐに私が向かおう。頼んだぞ」

陸はいつも通り淡々と言う。「分かっている」と明時はまっすぐに言い、凍月も頷いた。陸に預けた銀花が不安そうに小さく鳴いたが、凍月は「大丈夫」と優しく撫でたあと明時と一緒に先に進んだ。

明時は酒の入った大きな徳利《とっくり》を三つ持ち、凍月は大杯を三枚持っている。人間では飲み干すことが困難な量だが、龍だとほんのわずかな量だ。たったこれだけの量の酒を龍たちは飲んでくれるのか不安だったが、陸が「飲むだろ」と言うのを信じるしかない。

森をしばらく歩けば陸の言った通り開けた場所に出て、すぐに三体の龍が目の前に現れた。眠っていたのか龍たちはとぐろになって静かにしていたが、二人を察知してか急激に動き出しその全貌を見せた。

その大きさに、凍月は思わず腰を抜かしてしまいそうになる。

体長が山よりも大きそうな巨大な龍だった。

漆黒に輝く鱗を纏い、真っ黒な瞳は睨まれるだけで体の自由を奪えそうなほど荒々しく光っている。胴部から生えた脚には熊の体長よりも大きい爪が生えており、大地ごと引き裂けそうな鋭さだ。

こんなのに勝てるわけがないと凍月は呆然と龍たちを見上げるが、明時は臆する様子を見せず強い瞳で龍たちを見返している。

「おぉ、ようやく生贄が来たか!!　待ちくたびれたぞ!!」

「しかもとんでもない上玉だ!!　こんな辺鄙《へんぴ》な村にこんないい娘がいるとは思わなかった」

「これはこれは味わって食べないとな。すぐに殺すのはもったいない。さて、どこからただこうか……」

龍たちは明時を覗き込み低く響く声で笑う。

陸が人間の美醜や年齢をよく分かっていなかったので、兄弟たちもそうなのかと思いきや意外にも分かっているようだった。

そう思うと陸がけっこう特殊な性格なのかもしれないと凍月は考えてしまう。

「酒をお持ちしましたので、私を召し上がる前に一杯いかがでしょうか」

明時は落ち着いた声で進言し、「おぉ、気が利くじゃないか!!」「酒など久しぶりだ、早くよこせ!!」と龍たちは急かすように声を上げる。

凍月は急いで三枚の大杯を三体の前に並べながら横目で龍たちを観察する。三体とも外観は一緒でどれが何番目の龍だか判断はつかない。しかし、真ん中にいる龍だけ左目に深い傷を負い潰れているのが見えて、こいつが壱だと凍月は心の中でつぶやいた。

酒をついでいた明時に目配せすると、明時も気付いたようで小さく頷く。

「……なんだ、これだけの量しかないのか」

「仕方あるまい、人間どもの量だ」

「この村の人間を食いつくしたら、外へ出てありたけの酒を人間どもに持ってこさせようじゃないか」

「それはいいな。そうしよう」

龍たちは下卑た笑いを浮かべながら酒をついだ大杯に頭を近付けていった。

うまくいけ、と凍月は強く念じながら固唾を呑んで見守る。

龍たちは警戒する様子を見せず、長い舌を伸ばし杯の酒を舐めとった。

けたたましい叫び声が鳴り響いたのはその直後だった。

衝撃波のような声に揺らぎ、凍月は耳を塞ぎ膝をついた。龍たちが苦しみ呻き暴れ出し、砂塵が舞う中、明時は凍月の腕を取って立たせ龍たちから距離を取る。

「な、なんだこれは⁉」

「か、体が痺れる……妖気が消えていくぞ……⁉」

「この女《あま》、何者だ‼」

龍たちは体を痺れさせながらも体勢を立て直しぎろりと明時を睨む。

「お前らを討伐しに来たんだよ。それと私は男だ」

明時は抜刀し龍たちと向かい合った。凍月は震える体をなんとか立たせ、首からかけた角笛を吹く。それと同時に明時は壱と思われる龍に向かって駆けていった。

「小癪《こしゃく》な……たかが人間ごときが‼」

龍たちは咆哮し明時に向かって攻撃を始めた。しっぽを回し、爪でひっかき、鋭い牙で噛みつこうとしてくるが、明時は俊敏に動き全て避け余裕があれば斬っていく。

明時の斬撃は龍の硬い鱗をも通すようで、斬るたびに赤黒い血が飛び散った。

角笛の音を聞きすぐに銀花が駆けつけ、凍月は銀花の背に乗せていた弓矢を背負い銀花に乗る。

「頼むぞ銀花」と手綱を握れば、銀花は勇ましく脚で地を鳴らした。

銀花は龍たちの間合いに入らぬよう龍たちの周囲を駆ける。龍たちは頭に血が上っているようで明時以外見ていない。どうやら毒の酒は陸の言う通り相当効いたらしく、動きが鈍っていることが凍月の目にも明らかだった。明時を狙った爪での攻撃は大振りで軌道が見えやすく、尻尾をぶん回しての攻撃は明時から外れ、隣にいた龍に当たり喧嘩を始める始末だ。

それでも龍の威圧感は凄まじく、凍月は勝てるという確信が湧かない。今でやっと明時が対等か、少し押されているかだ。試しに矢を射てみたが、鱗に弾かれて効果はなく、龍は当たったことにすら気付いていない様子だった。

やはり自分の攻撃は通用しない。ならば、攪乱《かくらん》くらいはしてやる。

凍月は意を決し懐から宝玉を取り出し掲げる。淡い光しか発していないが、それでも陸は効果があると言った。

陸の思い通り、凍月が掲げた途端龍たちの動きに変化があった。

「な、なんだ。力が徐々に失われていく感覚がする……？」

「……おい、あの白髪の人間から何か妙な気を感じる、妖術使いか？」

「漆！　あいつを潰せ!!」

「あいわかった!!」

一体の龍が注意を明時から凍月に移し向かってくるので、凍月は作戦通り森の中へ逃げた。うまいこと分断できたと安堵しながら森の中を進んで行く。

陸いわく、龍のような大きな妖怪が人間を相手にするのは厄介らしい。見通しのいい場所で大勢の人間を相手にするのなら適当に攻撃してもあたるが、障害物の多い場所で一人の俊敏な人間を相手にすると、中々攻撃があたらず苛立ってくるそうだ。叢《くさむら》で人間が小さな虫一匹を殺すのに苦労するように、龍も森の中に逃げた人間を殺すのは手を焼くとのことだ。

　不意に風を切るかのような音が聞こえたかと思うと、周辺の木々が一気に薙ぎ倒された。間一髪銀花が避けたため無事であったが、凍月が唖然として振り返ると開けた空に漆と思しき龍が自分を見つめていた。どうやら漆が尻尾を使い一瞬で木々を薙ぎ倒したらしい。

「見つけたぞ!!　ちょこまかと目障りな人間め!!」

　漆は前脚を振りかざし凍月を引き裂こうとするが、銀花は素早く避ける。その隙に凍月は漆目掛け宝玉を掲げると、漆は苦しそうに呻いた。

「こ、こいつ、宝玉を持っている……!?　神伴か!!」

　漆が叫ぶと、他二体の龍は「何!!」と声を荒げる。

「神伴だと!?　ということは、この黒髪の方は神か!?」

「どうりで人間離れした動きなわけだ……。待て、もしや天上から逃げた邪神というのもこいつじゃないか!?　確か黒い長髪で黒い刀を持っていると天人どもが言っていたぞ!!」

「向こうから来てくれるとは都合がいい。こいつの首を持って天人どもに見せようじゃないか!　これで俺たちは自由も手に入るぞ!!」

　龍たちは勢いづき、さらなる猛攻を明時に仕掛ける。毒も抜けて来たのか、明時を囲む二体の動きが最初に比べ速くなっていった。

　このまま森の中を進んでは村に被害が出ると考えた凍月は、転回して反対方向へと進む。その最中にも漆は木々を薙ぎ倒し、だんだんと森を裸にしていった。そのせいで視界が良好になり、雲の少ない満月の空も手伝って周りはよく見える。凍月は宝玉を手に漆の攻撃を避けていった。

「小賢しい鹿だ……。くそ、本来の力があればこんな小童一人すぐに殺せるのに……！」

と漆は苛立ちを隠せぬ様子で唸る。

「何をしている漆!!　人間一匹相手になにてこずっているんだ!!」

「うるさい参!!　こいつは妖気を消す宝玉を持っているんだぞ!!　お前たちこそ二体もいるんだからさっさと邪神を捕らえないか!!」

「分かっている!!　もうこいつも大分弱っている、じきに片付くさ!!」

龍の言葉に、凍月ははっとして明時の方を見る。開けた視界の先に二体の龍を相手にしている明時がわずかに見え、どうやら木に叩きつけられた直後のようだった。頭から血を流しているが、明時は一歩も引く様子を見せず龍たちを鋭く射貫いて刀を構え直した。

「明時!!」

気付けば凍月は名を叫び、明時に向かって銀花を走らせていた。

作戦は龍たちを分断させ、明時の負担を少しでも減らし壱の頸を斬ることだ。その間凍月は他の龍の注意を引くことだったが、明時が弱っている今、そんなことは言っていられない。

やはり明時一人で二体の龍を相手にするのは厳しかったのだ。壱の頸だけ斬ればいいと陸は言ったが、簡単な話ではない。

凍月は弓を構え壱の死角目掛けて矢を放つが、力みすぎて見当違いな方向に飛んでいった。それに参が気付き嘲笑うような声を響かせる。

「どうした、白髪のわっぱ。一体どこを狙っているんだ。この黒髪の方と比べて、お前は弱そうだな」

「しかし宝玉が邪魔だな。こいつから先に食っちまおう」

「そうだな壱。神と同じで神伴も死なんらしいぞ。噛み砕いて腹に収めても糞から再生するんじゃないか？　そこをまた食ってやろうじゃないか」

おぞましい会話に身の毛がよだつが、それでも凍月は止まろうとは思わない。

「凍月！　だめだ、逃げろ‼」

明時は叫ぶが、凍月は逃げない。前方には明時から凍月に視線を移した二頭の龍がおり、後ろからは漆が迫ってきている。自分は明時とともに戦うと覚悟を決めたのだ。自分を信じてくれている明時を見捨ててなにが相棒か。

戦うのだ、ハチのように。

決して勝てないと分かっていながら、主を護るため自分よりも強大な敵に勇猛に立ち向かっていったあの愛犬のように。

龍たちの牙や爪が迫る中、明時の「凍月‼」と絶叫する声を聞きながら凍月は宝玉を掲げる。光れ、と強く願った瞬間、凍月の想いに呼応し宝玉が眩く光った。

耳をつんざくような叫び声が響き、銀花は急に止まり凍月は背から落ちた。凍月はすぐに立ち上がり銀花を抱きしめ落ち着かせる。

「な、なんだ、今の光は……!!」

「か、体が思うように動かん……目の前が真っ白だ……!!」

「体を起こせ！　次が来るぞ!!」

龍たちは倒れ込み、上手く動けないようだった。ゆっくりと龍たちは起き上がって凍月を揺らぐ瞳で睨みつける。凍月は再度宝玉を掲げ強く念じるが、宝玉は光らなかった。

しかし、明時が体勢を立て直すには充分な時間だった。

明時は迷うことなく駆け出し、壱の方へと向かっていく。壱は腕を振りあげ明時を薙ぎ払おうとするが、明時はひらりとかわし腕を登って壱の胴体を駆け上がった。刀を胴部に刺しながら明時は器用に胴を登り壱の頭目掛けていく。

相変わらずすごい身体能力だな、と凍月は感心しながら頭に向かっていく明時を見つめていた。

「こいつ小癪な……!!」

壱は体を大きく動かし明時を振り払おうとするが、明時は軽快に壱の体を蹴り跳び上がった。

満月と空を舞う明時が重なり、凍月は思わず感嘆の息をつく。

明時は刀を構え、満月の光を浴び輝く黒刀を閃かせた。

紫電一閃。気付けば明時は刀を振り終わっており、一瞬の間を置いて壱の頭がボトリと地に落ちる。

それと同時に明時も落下し、凍月は「明時！」と叫びながら受け身を取った明時に駆け寄る。近くで見れば、明時の傷は予想以上に深かった。全身から血が滲み出ており、呼吸もひどく乱れている。話すことのできる状態ではなかった。

「よくやった、すごいよ明時は」

凍月は労りの声をかけながら急いで明時を抱え銀花に乗った。そして一目散に龍たちから逃げる。

「貴様ら、よくも壱を……!!」

「許さんぞ……ずたずたに引き裂いてやる!!」

二体の龍は怒声を上げながら凍月たちを追う。しかし、まだ体は痺れているらしく非常に愚鈍な動きだ。銀花はどんどんと龍たちから距離を離していく。

「よくやった明時、凍月。あとは私に任せてくれ」

聞き慣れた冷静な声が聞こえる。龍たちが動きを止め振り向くと、いつの間にか頭のとれた壱の体の横に陸が立っていた。すでに壱の血をすすっていたらしく、陸の口の周りが赤く濡れている。

「この妖気……貴様、陸《ろく》か!!」

「己……裏切り者が……!!」

二体の龍たちは殺気だった声で唸るが、陸は氷のように冷ややかな目で龍たちを見据えている。

「なにが裏切りものだ。私は元からお前たちの味方だったつもりはないぞ。ただ体のくっついた兄弟だっただけだ」

「なにをいけしゃあしゃあと……!!　お前は昔からそうだ。いつも消極的で、敵に立ち向かおうともせずのらりくらりと過ごし、今回だってお前だけ逃げた!!　挙句邪神どもに味方をしよって、どこまで俺たちを馬鹿にする!!」

「黙れ漆。私は別に神の味方をしたわけじゃない。お前たちが共通の敵であるだけだ。それに私は逃げたわけではない、今も昔も争わずに平和に解決する道を見つけたかっただけだ」

「お前のその考えが腹立つんだ!!　そうやって平和だの穏便にだの、くだらん綺麗ごとばかりほざく!!　もう飽き飽きだ!!」

「お前たちのそういう考えが、私にとってくだらなかったんだよ、参。……本当は私もお前たち兄弟とは仲良くやっていきたかった。でも、ここまで価値観が違うのならもう無理だ。そんなに争いたいのなら食らい合おうじゃないか、兄弟。もうどちらかが死ぬまで止まれないぞ」

　陸が静かに言い終わった途端、急激に陸の体が変化していく。婀やかな女性の姿は消え去り、二体の龍と同じ体躯となった。陸は大きな口を開け壱の体を食らっていく。大きな咀嚼音が響き、妖気の混じった重い血の臭いが辺りに充満していく。

二体の龍は陸に飛び掛かるが、陸がすぐさま咆哮し、それだけで空気が痺れ龍たちの動きが止まる。

凍月は急いでその場から離れ森の中に身を隠す。銀花から下りすぐに明時の傷をみた。上半身を脱がせれば、傷は凍月が思っている以上に深かった。至るところに打撲傷があり、背中は全体的に青紫色に変色し、胸は引き裂かれひどく出血している。凍月は言葉を失い、すぐさま宝玉を明時の傷に近付ける。強く念じれば宝玉の優しい光が明時を包み、傷はみるみるうちに治っていった。

明時は顔を歪め深呼吸を繰り返し、胸の傷が癒えたころ「陸は？」と薄目を開けて凍月に問いかける。「大丈夫、うまくやってるよ」と凍月は明時の顔を伝う血を拭いながら答えた。

陸と兄弟の戦いは、まさに修羅を極めた。

互いに肉を引き裂き食らい合い、地はえぐれ木々が粉塵と共に薙ぎ倒されていく。龍たちの唸り声は森に収まりきらず、山を一つ越えた先の村にまで響かんとしていた。もはや凍月には、三体のうちどれが陸であるのか判別がつかない。龍たちは絡まり合うように激しい争いを続けている。

引きちぎられた鱗が血に塗れてあちこちにちらばり、血の臭いがさらに濃くなっていく。

時折骨を噛み砕く音が聞こえ、そのたびに地鳴りのような悲鳴が響く。

この状況で参戦しようものなら、すぐに巻き込まれてしまうだろう。

陸の勝利を祈りながら、凍月は明時とともに待つしかなかった。

永遠とも思える長い夜が過ぎ、徐々に龍たちの唸り声が弱まり完全に消えた頃には、すでに朝日が昇っていた。

凍月と明時は顔を見合わせ、慎重に龍たちの元に進んで行く。

そして、目の前に広がる惨状に凍月は思わず立ち止まった。

辺り一面が血の海と化しており、いくつもの肉片が血の中に浸っている。三体の龍の残骸も無残に転がっていた。

血の海の中に一体の龍が満身創痍《そうい》で佇んでおり、凍月は息を呑む。見た目だけではたしてどの龍なのか分からない。龍も凍月たちに気付き、霞んだ漆黒の瞳を向けた。

「やったぞ、なんとか倒した」

「……陸!!」

目の前の龍が陸だと分かり、凍月は歓喜の声を上げる。「勝ったんだな」と明時も明るい声色で言えば、「あぁ、お前たちも無事でよかった」と陸は目を細め返した。

「これでお前たちも夏陽国に行けるようになるだろう。頑張れよ」

「ありがとう。……陸はこのあとどうするの?」

「……力を使い果たした。しばらくは動けん。このまま天人が迎えに来るのを待つとするよ。そのあとのことはなるようになるさ」

そう言って陸はゆっくりと横になる。本当に力を使い果たしてしまったらしい。

「……なぁ、陸。お前さえよければ、私たちと一緒に来ないか？　天人に捕まったらお前はまた封印されてしまうだろう。お前のように強いものが一緒に来てくれれば、私たちも心強いんだが……」

「……悪いな、もう人間に化ける妖気も残っていないんだ。一緒に行くことはできない」

「分かった。……幸運を祈るぞ」と明時が言えば、「ありがとう。この先お前たちに会うことがあれば力になるよ」と陸は穏やかに言い瞳を閉じた。

眠りについたもう二度と会えぬかもしれぬ龍に向かい、「ありがとう」と凍月はもう一度心から礼を言った。


春朝国に突如現れた龍たちが共食いの末倒れたという話は、瞬く間に国中に広がっていった。満月の夜の龍たちの争いの声は近隣の村や町に響き、山を越えた先の村にまで届くほどだった。

巨大な龍たちの争いを目視で確認したものも大勢おり、人々は龍同士が勝手に争いだしたと思い込んだ。すでに龍退治のため都を出発していた兵士たちは、争いの翌日に龍たちに支配された村にたどりつき、すでに息絶えた三体の龍を見て絶句した。

さらに三体と聞いていたはずなのに四体目の龍が血の海の真ん中に寝ていたものだから、兵士たちはさらに困惑した。

すぐに兵士たちは生き残っていた龍を捕らえ、龍は大人しく兵士たちに連れられて行き、そのあとどうなったかは誰にも分からない。

本当は龍退治に一役買った神と神件がいるのだが、そのことを知るのは当人たちと生贄になるはずだった娘だけだった。


陸が連れ去られたあとも混乱はしばらく続き、結局船着き場に人が戻り夏陽国への船が出るようになったのは、それから一週間以上経った頃だった。凍月と明時は船が出るようになるまで港町で過ごした。ようやく出航する船に乗ろうと港は人でごった返し、凍月たちが船に乗れたのは二月二七日だった。

船に乗るには身分を証明せねばならず、凍月たちは小春から借りた通行手形を見せ船に乗った。女の手形で船に乗れるのか明時は不安がっていたが、なんの問題もなく船に乗ることができ、それはそれで不服そうだった。凍月も従兄の名を借り、夏陽国に鹿を売りにいく鹿師という体で銀花とともに船に乗り込んだ。

凍月は夏陽国に行くのも初めてだし、船に乗るのも初めてだった。船に乗るときは船酔いに注意した方がいいと昔聞いたことがあったが、実際に体験すると中々辛かった。

明時は平気なようで、甲板に上がって目を輝かせながら海を眺めている。凍月も気を紛らわすため明時と一緒に甲板に立ち、離れて行く春朝国の大地を見つめた。

「夏陽国まで二日かかるとは、中々遠いな」

「……そうだね、夏陽国につく頃には三月か……」

凍月は焦燥感を感じながら月日を数える。春朝国を出るまで約一か月かかってしまった。このままの速度で四月の晦日までに天上にたどり着けるのか不安になってくる。

「夏陽国に行って、うまく雷鳴ノ神に会えればいいなぁ」

「……そうだな。夏陽国についたら、まずは雷鳴ノ神がよく訪れるという学舎を捜そう。学舎にはアマックニに関する古い文献がたくさんあるらしい。十三番目の神についてなにか分かるかもしれない」

「そうだね」

だんだんと小さくなっていく陸地をぼんやりと見つめながら凍月は頷いた。雷鳴ノ神に会えるという確証はないが、せめて十三番目の神についての手がかりは掴みたい。

陸の記憶が正しければ、千年前までは十三番目の神がいたことになる。なんとか明時が邪神でない手がかりを掴み天上の神々に示したかった。

しかし、最優先は真冬だ。

たとえ雷鳴ノ神に会えず、明時が邪神でない証拠を手に入れられなかったとしても、四月の晦日までには確実に天上にたどり着かなければならない。

それで自分が処刑されることになっても、何も関係ない真冬だけはなんとしても助けると凍月は覚悟を決めている。

「……おい、向こうから何か飛んでくるぞ」

不意に甲板にいた男の一人が春朝国とは反対方向を指さして言う。甲板にいた人々は男の指さした方向を見遣り、凍月たちも顔を向ける。

凍月が目を凝らして夏陽国側の空を見上げると、確かに五つの黒い影が見え、だんだんと船に近付いてきていた。

「なんだ？　鳥か？」

「鳥がこんなところにいるわけないだろ。それに鳥よりもでかいぞ」

「なんてでかくて黒い羽だ……待て、人のような姿をしていないか？」

「嘘だろ……あれはまさか……」

しだいに大きくなっていく黒い影に、乗客のざわめきは大きくなっていく。

すぐに影は形が明確になり、人に似た大きな体躯に鳥の頭を持ち、巨大な濡れ羽色の翼を広げ向かってくる異形の妖怪に人々は悲鳴を上げる。

「烏天狗だ!!」

「な、なんで海に烏天狗がいるんだよ!?」

「しかも五体もいる！　みんな、逃げろ!!」

乗客たちは口々に叫び船の中へと逃げ込む。

五体の烏天狗たちは各々扇や錫杖《しゃくじょう》を持ち、先頭の一体が扇を船に向かって大きく振った。

その瞬間、激しい突風が起こり海が大きくうねる。

船も酷く揺れ、乗客たちは体勢を崩し倒れ込む。凍月もよろめき船にしがみついたが、体幹が鍛えられた明時は倒れることなく烏天狗たちを鋭く見据え鞘に手を置いている。

烏天狗たちは急降下し、倒れ込んだ乗客たちに襲い掛かろうとする。するとどこからともなく矢が飛んできて、何本かが烏天狗をかすり烏天狗たちは離れていった。

はっとして凍月が矢の飛んできた方向を見ると、弓を構えた五人の射手が烏天狗たちを見据えていた。この船の護衛人たちである。

海には『あやかし』という名の妖怪がよく現れるため船には必ず護衛人が乗っている。護衛人たちは空に向かって矢を射続け、急所を射貫かれた二体の烏天狗が海へと落ちた。その隙に乗客たちは船内へと逃げ込んでいく。

「立てるか凍月」

明時は凍月の腕を持って支え、「うん」と凍月は立ち上がった。残った烏天狗たちは扇を振ってさらに突風を起こし大波を起こす。船が大きく揺れ凍月は立つことすらままならない。

「黒い髪だ！　黒髪のやつを攫え!!」

上空から烏天狗の声が聞こえ二人は顔を見交わす。あの烏天狗たちは明時を狙う追手だったのだ。明時は顔を歪ませ上空の烏天狗たちを見上げた。鞘に手を置きいつでも抜刀できる準備をしている。

明時のことだ、自分を追ってきた妖怪のせいで他人に被害が出る前に、自分の手で妖怪を退治しようとするだろう。逃げ隠れる気など露ほどもないはずだ。

それなら自分も戦おうと凍月も懐に忍ばせた宝玉に手を伸ばすが、いかんせん船が揺れるのでうまく立てないし気分も悪い。

烏天狗たちは再度急降下し黒髪の人間に襲い掛かろうとするが、護衛人たちの矢に阻まれうまくいかないでいた。さすがは船の護衛人、どれだけ船が揺れようとすぐに体勢を立て直し的確に矢を射ている。矢をかいくぐって一体の烏天狗が明時に向かって接近してきたが、明時はすぐに抜刀し烏天狗の翼を深く斬った。その烏天狗は悲鳴を上げふらつきながらしばらく飛行したが、すぐに落下し海の中へ沈んでいった。

直後船がまた大きく揺れ、明時も体勢を崩し膝をつく。すると明時の背後から一体の烏天狗が恐ろしい速度で急降下し、巨大な脚で明時を掴もうとする。

「明時!!」

凍月は揺れる体をなんとか動かし明時を力いっぱい突き飛ばす。明時は唖然とした表情で甲板を転がり、明時を掴もうとした脚は凍月の肩を強く掴んだ。鋭い烏天狗の爪が凍月の肩にめり込み、凍月はあまりの痛みに声すら上げることができない。

気付けば凍月の体は宙に浮いており、船からどんどんと遠ざかっていく。痛みで霞む頭でなんとか理解できたのは、自分が烏天狗に連れ去られたということだった。

「凍月!!」と明時が絶叫する声を最後に、凍月の意識はそこで途絶えた。

天上には季節神たちが住む四つの宮殿がある。北に冬宮、東に春宮《しゅんぐう》、南に夏宮、西に秋《しゅう》宮《ぐう》があり、それぞれの季節を司る神々が暮らしている。

冬宮に居るのは十一月、十二月、一月の神だ。冬宮は常に冬の装いをしており、地上に春が訪れているというのに冬宮の空は雪催いで空気は冷え切り玲瓏《れいろう》としている。木々には雪が積もり白い花を咲かせているようで、椿や山茶花といった冬の花がいまだに咲き誇っていた。

冬宮の敷地内にはいくつもの温泉が湧き出ており、雪に囲まれた露天風呂からは白い煙が途切れることなく立ち上っている。まだ月の出ていない夜空を見上げながら、十二月の神である終ノ神は誰もいない露天風呂に一人身を浸からせていた。

「……四体の九頭龍は互いに争いあい、結果として三体は死に一体のみが生き残ったようです。生き残った龍は現在大人しくしており、天人たちに引き渡され天上へ向かっています。龍の始末については、以前雷鳴ノ神が進言なさった通り、季節神たちで話し合い決めることとなります」

露天風呂のすぐ隣にある屋根があるだけの脱衣所の小屋で、終ノ神の神伴である六花は正座をして終ノ神の背に向かい声をかける。終ノ神はさほど関心もなさそうに「そうか」と冷たく言った。

六花はわずかに眉をひそめ、緊張した様子で口を開く。

「……今回の件、いくら明時様を捕まえるためとはいえ、やりすぎだと思います。死者こそ出なかったものの、地上では怪我人が多数出て多くの民の生活に影響が出ました。さすがにこれ以上妖怪たちの手を借りるわけには……」

「九頭龍の封印を解いたのは天人たちだ。私は制御できる妖怪を明時の追跡に使えと言ったのに、あいつらが勝手に九頭龍の封印を解き今回の事態を招いたのだ。勝手なことをしよって……」

「……あれだけ終様に強く言われれば、天人たちも萎縮して追い込まれ、正常な判断ができなくなります。終様の方法にも問題があったと思われますが……」

「黙れ六花。元はと言えば、あいつらが隙を見せ明時を逃がしたのが全ての原因だ。私は責任を取れとあいつらに言っただけだ。このまま明時を逃がしたままにすれば、アマツクニの気候は荒れ狂い、常夜の国になるのだぞ。なんとしても捕らえなければならんのだ。たとえ妖怪の手を借りてでもな」

六花の言葉を遮って終ノ神は険しい表情で強く言い切り、六花は何も言えず押し黙った。自分がこれ以上何を言っても主には聞き入れてもらえないと、六花は歯がゆい思いで拳を握り締める。このまま終ノ神が明時を捕まえることだけに憑りつかれてしまえば、さらに地上の民に被害が出ることになるかもしれない。どうすれば終ノ神を止めることができるのだろうかと六花は頭を悩ませた。

(こんな男殺してしまえよ、六花)

不意に以前雷鳴ノ神から言われた言葉が頭をよぎり、六花の体が硬直した。

神伴は、己の神が道を踏み外したとみなせば殺すことができ、神を殺せるのは神伴のみである。

私の主は道を踏み外しかけているのかもしれない。

信じたくなくてずっと目を逸らしていた現実に六花は胸が震え出す。震えはやがて指先にまで伝わり止まらなくなった。

「神伴の様子はどうだ？」

終ノ神の言葉に六花ははっとして顔を上げる。

「……夏宮で暮らしていますが、今のところ不穏な動きはありません」

「そうか……。そのまま大人しくしていてくれればいいんだがな。最近よく雷鳴が地上に降りていると聞く。あいつは明時に肩入れしているからな、余計なことを考えているのかもしれん。見張らねば」

凛とした終ノ神の声に、六花は「はい……」と頷くことしかできない。

終ノ神がひとつ息を吐くと、ゆっくりと六花の方を向いた。

「おいで六花」

主に言われ、六花はいまだ震える指先で着物を脱ぎ、終ノ神の元へと向かった。

三章　雷鳴の邂逅《かいこう》

気がつけば、凍月は見知らぬ草原に立っていた。

辺りは暁闇に包まれ、東の地平線は薄っすらと白み始めている。

あぁ、これは夢だと凍月はすぐに心づく。

久々だなと思いながらぼんやりと東雲の空を見つめた。

最後に見たのは確か雪鹿衆の村を出た翌朝だったなと凍月は思い返していた。

「凍月!!」

聞き馴染みのある声に振り向けば、明時が目を丸くして凍月の方に駆け足で向かってきていた。

「無事か凍月!!　今一体どこにいるんだ!?」

明時は凍月の肩を掴み問いかける。

「それが烏天狗に捕まってすぐ気を失っちゃって、まだ目が覚めてないんだよ。今どこにいるのかも分からないんだ。夢を見てるってことは生きてるとは思うけど……あ、神伴って死なないんだっけ？　なら大丈夫か」

「そんなのんきなことを言っている場合か！　……無事でいてくれよ」

明時は大きなため息を吐く。その様子に凍月も自分の身が心配になってきた。

「明時こそ大丈夫？」

「あぁ、お前を連れ去った烏天狗以外は撃退して、船も乗客も無事だ。今は予定通り夏陽国に向かっている」

「銀花は？」

「銀花も無事だ。ぴんぴんしてるよ。お前がいなくてだいぶ機嫌が悪い」

げんなりとした明時の表情に、銀花と明時の喧嘩が頭に浮かぶようで凍月は思わず苦笑してしまう。

「……夏陽国に着いたら真っ先にお前を捜す。それまで絶対に無事でいてくれ」

「分かった。信じてるよ明時」

凍月が返したあと、二人の間に沈黙が流れる。

いかんせん夢なのでいつ覚めるのか分からない。話すべきことも特にないため、二人は明けることのない空を漠然と見上げていた。

「……明時ってさ、天上で生まれたんだよね」

「ん？　あぁそうだ。私たち季節神は天上にある烏兎池《うといけ》という池に浮かぶ蓮華の中から神器を持って生まれる。それがどうした？」

「じゃぁ、『明時』って名前は誰がつけたの？」

凍月はふと疑問に思ったことを聞いてみる。通常、人の名前というのは親からつけてもらうものだが、蓮華から生まれるという親のいない神はいったい誰から名付けられるのか不思議だった。

「私は物心ついたときに自分の名は『明時』だと確信したんだ。急に頭に浮かんだという感じではなく、生まれたそのときから自分が明時だと分かっていた感じだ。ほかの神たちは何月の神かによってすでに名が決まっているんだ。十二月の神であれば終ノ神だし、一月の神であれば始《し》ノ神だし、七月の神であれば雷鳴ノ神だ」

「へぇ……。『明時』って夜明けって意味だよね」

「そうだ、まさにこの空のことだな」

二人はまた黙って空を見上げる。暁降《あかときくた》ちの空は、まるで時が止まったままかのように一向に朝日は昇ってこなかった。

「……ちなみに、神伴の名前も神がつけるんだ」

「え、そうなの？」

「あぁ、たとえ親からつけられた名があっても、神伴として天上に連れて来られたらその名で呼ばれることはなくなる。神が大きくなり、名を考えられる歳になったときようやく神から神伴に名が与えられるんだ。それまではただ神伴と呼ばれるらしい」

「へぇ……じゃぁもしも俺が赤ん坊の頃に天上に連れて行かれてたら、凍月って名前じゃなくて別の名前をつけられていたわけだ」

「なんかやだな」と凍月はぽつりとつぶやいた。親につけてもらった名前を捨て、別の名前をつけられるなんてなんだか気味が悪い。

「凍月と言う名は御両親にもらったものか？」

「うん。俺は一月十五日に生まれて、その日は雪は降っていなかったけど、すごく空気が冷たかったんだって。空には見事な十五月《もちづき》が浮かんでいて、まるで凍りついているかのように澄み渡った綺麗な月だったから、それを見て両親が俺の名を『凍月』に決めたんだ」

昔父に聞いた話を凍月は語る。冬の夜に美しい満月を見るたび、凍月はその話を思い出していた。

「なるほど、凍てつく夜の澄み渡った月という意味か。それは良い名前だな」

明時が目を細め優しく言うので、凍月ははにかんで「ありがとう」と礼を言う。

「……もし今明時が俺に名前をくれるなら、なんて名前にする？」

凍月の問いに、明時は「そうだな……」とつぶやいたきり黙りこむ。しばらく悩んだあと、迷いない瞳で凍月の方を向いた。

「……『凍月』だ。それ以外は思い浮かばない。お前は『凍月』と言う名だよ。私が生まれたときから『明時』であったように、お前はずっと『凍月』なんだ」

はっきりと言う明時に、「そっか」と凍月は微笑んで返す。明時の気遣いなのか、それとも本当に何も浮かばなかったのかは明時にしか分からないが、凍月にとっては嬉しい言葉だった。

明時が本気で考えてくれる名前ならば、あだ名くらいにはしてもいいかもしれない。

凍月はそう思って口を開こうとしたが、夢はそこで覚めてしまった。

「天《あまね》!!　この大馬鹿野郎!!」

頭に響くような大声に凍月は目を覚ます。

そして両肩の強烈な痛みに顔を歪ませた。

自分が明時をかばって烏天狗に連れ去られたことを瞬時に思い出すと、凍月は痛みに耐えながら辺りを見渡した。

薄暗く松明のわずかな明かりしか見えないが、どうやら洞窟のような場所に無造作に寝転がされているらしかった。運よく拘束はされておらず、痛む体をなんとか動かし懐を探る。無事に宝玉を発見し、すぐさま光を自分の肩に当てた。ほのかな癒しの光が傷口を包み、徐々に痛みが引いていく。凍月はゆっくりと呼吸をしながら聞こえてくる会話に意識を集中させた。

「まったく、邪神だかなんだかを捜しに行かせた奴らの中でお前しか帰ってこねぇし、しかも連れ去ってきたのは黒髪どころか白髪のガキだし、いったいどうなってやがんだよ!!」

ガッシャーンと何かが割れる音が怒声とともに響き、「ご、ごめんなさい……、お、おいら、黒髪を捕まえたつもりだったんだけど……」と慌てふためく声も同時に聞こえてくる。

「馬鹿な奴だとは昔から思ってたが、まさか黒と白の違いも分からねぇとは恐れ入ったぜ。本当に役に立たねぇなお前は!!」

「まったくだ！　邪神を捕まえてくれれば金をたんまりもらえたってのに、馬鹿な天のせいで全部台無しだぜ!!」

「ご、ごめんなさい……」

「謝って済むと思ってんじゃねぇよ!!　めそめそしやがって、何から何まで気に入らねぇ奴だな!!」

何人かの罵声と一人の謝罪の声が延々と洞窟内に響いている。どうやら、自分を連れ去った天と言う名の烏天狗が、他の仲間たちに叱られているところらしい。会話の様子からするに天はあまり気が強くなく立場も弱いようだった。

凍月は肩の傷が癒えたことを確認すると、じっとして烏天狗たちの会話に耳を傾けた。

「あぁ腹が立つ……。お前が間違って持ってきた人間はお前が処分しろよ」

「しょ、処分って……どうすればいいんだ……？」

「本当に馬鹿だなお前は、それくらい自分で考えろ!!」

大きな怒声のあと複数の足音が響きだんだんと遠ざかっていく。しかし、一体の足音が次第に自分に向かって来ていることに気付き、凍月は息を呑んで宝玉を持つ手に力を込めた。

足音はだんだんと大きくなり、松明の光も強くなる。間もなく体格のいい一体の烏天狗が松明を持って凍月の目の前に現れ、凍月は上体を起こし身構えた。宝玉の光を浴びせようとしたが、烏天狗の表情を見て凍月は思わず固まってしまう。

思いっきり泣いていたのだ。

おそらく彼が天だろう、仲間たちにぼろくそに罵られたからかめそめそと泣き続け、凍月に見られていることすら気付いていない様子である。

「……ん？　あれ、君起きてたのか……」

天はようやく凍月に気付くが、襲いかかってくる様子など微塵もない。なんだか彼が可哀想になってきた凍月は、宝玉を掲げるのをやめ「だ、大丈夫？」と声をかける。

「大丈夫じゃないんだ……。おいら、本当は黒髪の邪神を連れてこなきゃいけなかったのに、間違えて君を連れてきちゃってさ……。君の横にいた子を掴んだつもりだったのになぁ。この隠れ家に帰るまで気付かなくて、仲間からすごく怒られたよ……。君にも悪いことしたなぁ」

天は凍月の前に胡坐《あぐら》をかいて座り、しゃくり上げながら話を続ける。自分を連れ去った本人に泣きながら謝られるという妙な事態に、凍月は「そうなんだ……」と頷くことしかできなかった。

「しかも君を処分しろって言われたんだけど、おいら馬鹿だから処分ってなにをすればいいか分かんないんだ……。どうすればいいと思う？」

「え、それ俺に訊くの？」

「頼むよ、君を処分できなかったらおいらまた叱られちまう。どうか教えてくれ！」

両手を合わせて懇願する天に、凍月は「えぇ……」と困惑しながら考えた。曲がりなりにも敵である天を助ける気はないが、この状況を利用しない手はない。

「……じゃぁさ、俺を人の里の近くまで連れて行ってくれないかな？　人がいる場所は分かる？」

「あぁ、分かるぞ。この山を下りて一里ほど歩けば人の村があるんだ。そこに君を連れて行けばいいのか？」

「うん、村の場所を教えてくれれば、君は俺を山の麓まで連れて行ってくれるだけでいいよ」

「それならお安い御用だ」

天はぱぁっと顔を明るくさせて答えた。単純な性格でよかったと凍月は胸を撫で下ろす。

「あ、でも、君の仲間には見つからないように案内してくれないかな」

「それなら大丈夫だ。おいらの仲間たちは山の妖怪たちと酒盛りに行ったから、一刻は戻ってこないぞ」

「それはよかった。なら、今すぐ案内してくれないかな」

「いいぞ。いやぁ親切な人間でよかった」

天はにっこりと凍月に笑いかける。なんだか騙しているようで少し良心が痛んだが、気にしてはいられない。とにかく、今優先するべきは明時と合流することだ。早くここから出て船着き場に向かわなければならない。

二人はすぐに洞窟から出て山を下りる。夜中であるため辺りは暗く、空は曇っており今何時なのか見当がつかない。

「ここは夏陽国なの？」

「そうだぞ」

「夏陽国のどのあたり？」

「えーっと……、東……いや、西だったかな？　ごめんなぁ、おいら方角が分かんねぇし、地図も読めないんだ」

　眉を下げ申し訳なさそうにする天に、「そっか……」と凍月は返す。ここがどこなのか分からないが、夏陽国であることが分かって少しは希望が湧いた。人里に下りれば、船着き場がどこなのかは分かるだろう。

　天の持つ松明の光を頼りに獣道をかき分けて進んで行く。さすがはこの山に住む烏天狗というべきか、天は迷いなくどんどんと進んでいくので凍月はあとを追うのでやっとだった。

　半刻ほど下れば山の傾斜は緩やかになり、天は立ち止まって「ここが麓だよ」と凍月に言う。

「ここから真っすぐ行けば人が造った道に出て、右に進んで行けば村に着くよ。……あれ、左だったっけ？　……まぁ、どっちに進んでもそのうち村に着くよ」

「わ、分かった」

　天の曖昧な説明に不安が募るが、とにかく進むしかない。「これ持って行っていいよ」と天が松明を手渡してくれたので、「ありがとう」と素直に受けとる。

　そのまま天に礼を言って別れようとしたら、突如上空から「天ぇ!!」という怒声が降り注ぎ凍月と天はびくりと体を震わせる。

凍月がすぐさま空を見上げると、闇に紛れて黒い翼をはばたかせながらすぐそこまで迫っている三体の烏天狗が見えた。

逃げようとするが、烏天狗たちはすぐに凍月を囲むように降り立ち逃げられなくなる。烏天狗たちは各々扇や錫杖、刀といった武器を持ち凍月に向け構えた。

しまったと凍月は額に冷や汗が伝う。

「この馬鹿野郎!!　いねぇと思って捜したら、なに人間を逃がそうとしてるんだよ!!」

「え、だ、だって、兄貴たちが処分しろって言うから、おいら自分で考えて処分しようとしたんだけど……」

「それで人間を生かしたまま逃がそうとしたのか!?　本当にどうしようもねぇ馬鹿だなお前は!!　人間を逃がして他の人間どもに俺たちの隠れ家をばらされたらどうするつもりだったんだよ!!」

烏天狗たちの罵声に天は萎縮し、目を泳がせながら「お、おいら、どうすれば……」と狼狽する。

「まったく役に立たねぇやつだな。処分するってのは、こうやって殺すことを言うんだよ!!」

刀を持った烏天狗が凍月に向かって刀を振りかざす。凍月は咄嗟に懐から宝玉を取り出そうとするが、明らかに間に合わない。

その時だった。

突然雷鳴が轟いたかと思うと一瞬だけ辺りが閃き、気付いたときには天を含む四体の烏天狗は地面に倒れていた。

「無事ですか凍月さん!!」

呆然としていた凍月は背後から聞こえる声に驚き振り返る。するとそこには輝くような鮮黄色の短髪と翡翠色の瞳を有する青年がいた。急いでやって来たようで、彼は肩を上下させ息を切らし汗をかいていた。

「ど、どなたですか？」

突如現れた自分の名を知る青年に、凍月は驚きを隠せず問いかける。

「申し遅れました、僕は雷鳴ノ神の神伴である蛍と申します。あなたを保護しに来ました」

「え、神伴!?」

予想だにしていない言葉に凍月は目を丸くする。蛍は「はい、これが証拠です」と手に持った宝玉を凍月に見せた。凍月と同じ大きさの宝玉は、凍月のものとは違い淡い黄色に輝いている。

「すごい……神伴って本当にいるんだ……」と凍月が蛍の顔を見て感動しながらつぶやくと、「あなたも神伴じゃないですか」と蛍は苦笑した。

「……なぜ俺の名前を知っているんですか？」

「あなたの妹である真冬さんに聞きました。兄であるあなたが神伴であることも」

「え、ま、真冬を知っているんですか!!」

さらなる衝撃の言葉に凍月は前のめりになって問いかける。「はい」と蛍は穏やかに微笑んだ。

「真冬さんは天上にある夏宮で雷鳴ノ神に保護され無事に暮らしています」

「そ、そうなんですね。よかった……」

凍月は安堵で肩の力が抜ける。なによりも心配だった真冬が、明時の味方である雷鳴ノ神に保護されていると知り安心できた。

「あの、真冬を実家へ帰してもらうことはできないのでしょうか？」

「……しようと思えばできます。しかし、真冬さん自身が天上に留まることを決めたのです。真冬さんは明時様の神伴のふりをすることで、終ノ神の追跡からあなたを護ろうとしているのです」

「え、真冬がそんなことを……!?」

「はい。真冬さんは凍月さんが助けに来てくれると信じて待っています。そのために真冬さんは地上へ戻らず、天上に留まっておられます」

天上にいる真冬のことを想い、凍月は胸元から色んな感情が込み上げてくる。今思えば、追手たちは皆明時のことしか狙っていなかった。もし真冬が天上から無事に逃げていたら、逃げた神伴を捜すためにさらに追手が増えていたはずだ。そうすれば今までの道のりで真冬と似た見た目の自分が捕らえられていても不思議ではない。

ここまで来ることができ、蛍に助けてもらえたのも真冬のおかげなのだ。

「妖怪たちが目覚める前にここから去りましょう。……ところで、明時様は一緒ではないのですか？」

「はい……。実は、夏陽国に向かう最中の船の上で俺だけ烏天狗に連れ去られてしまって、離れ離れになってしまいました」

「そうなのですね……。ならば、明時様は船着き場に着くはずですね。馬で一日走れば着く距離です。すぐに向かいましょう」

　歩き出した蛍のあとを追い森を出てしばらく歩くと、立派な葦毛《あしげ》の馬が一頭待っており凍月は蛍とともに乗った。先ほど天に聞いたとおりしばらく進むと整備された道に出て、蛍は道を左に進んだ。

「そういえば、どうして俺があそこにいることが分かったんですか？」

「共鳴ノ石という宝石を使いました。宝玉に反応し、宝玉のある方向を指し示すのです」

　蛍は右手で手綱を握り、左手で懐から綺麗な水晶を取り出し凍月に見せる。水晶から二筋の光が出ており、一つは蛍の懐を、もう一つは凍月の懐に差し込んでいる。どうやら本当に光が宝玉を指し示しているようだ。

「僕は雷鳴様より明時様と凍月さんを捜すよう仰せつかっておりまして、共鳴ノ石を使って捜し続けておりました。僕が行動できるのは夏陽国だけなので、夏陽国に来ないのではないかと不安だったのですが、来てくださり助かりました」

「こちらこそ助かりました……。神伴って、地上に降りて人捜しもするんですね」

「いいえ、そんな命令をするのは我が主くらいですよ。他の神伴たちは滅多に地上になんて降りません」

そう言って蛍が困ったように笑うので、この人は苦労人っぽいなと凍月は心の中でつぶやいた。

「さっき烏天狗たちを一気に倒したのも蛍さんですか？」

「はい。僕の宝玉の力です。狙った相手に雷撃を繰り出せるのですが、一度使えば次に繰り出せるまで一刻ほどかかるので、連続では使えずそれほど使い勝手はよくないんですよ」

「いや、雷撃ってものすごく強力だと思いますよ……」

先ほど烏天狗たちを一網打尽にした雷撃の力を思い出し凍月は呆然と言う。何せ逃げる隙も与えない上に当たれば一撃で倒されてしまう。蛍の素朴そうな見た目にそぐわぬ恐ろしい力である。

「凍月さんの宝玉はどんな力なんですか？」

「俺は妖気を滅して、傷を癒すことができます」

「それは強力な力ですね。私が知っている中で傷を癒す力を持った神伴はいましたが、妖気を滅する力を併せ持つ人は初めてです」

感嘆とした声で言う蛍に、「そうなんですね」と凍月は曖昧に頷いた。他の神伴がどんな力を持っているのか凍月はまったく分からないので、自分の力がどれくらい強いのかうまく想像もつかない。

薄暗闇の中、凍月たちは粛々《しゅくしゅく》と道を進んで行く。

烏天狗に連れ去られたときはどうすればいいか分からず不安しかなかったが、蛍と合流できたことで不安はなくなった。

今はとにかく、明時と合流することだけを考えなければならない。

銀花に蹴られてなきゃいいけどなと思いながら、凍月は蛍と共にひたすら夏陽国を駆け抜けた。


明時の乗った船は途中で烏天狗に襲われ、乗客一人が連れ去られるという事故が起きたものの、その後は順調に進み予定通り三月一日に夏陽国へと着いた。

夏陽国の港は行き交う人々であふれ、気を抜くと人の波に呑まれそうになる。

しかし、明時が銀花を連れ船から降りれば、道行く人は立ち止まり自然と明時の前に道ができていった。

滅多に見ないほどの美しい見た目をした明時が、人目を引く立派な雪鹿を従えているものだから、注目されるのも当然のことではあった。人の視線など気にせず、明時は不服そうな顔をした銀花を連れ道を進んでいく。

「いくら私に連れられるのが嫌だからって、そんな顔をするなよ銀花。お前の主をさっさと見つけようじゃないか」

明時は銀花に声をかけるが、銀花は完全無視を決め込んでいる。「本当にかわいくないなお前は」と明時は口を尖らせた。

「おいねぇちゃん、一人かい？　ちょっと俺らと遊んでいかないか？」

突如人相の悪い男たち三人に行く手を阻まれ明時は立ち止まる。ニヤニヤと品の無い笑みを浮かべる三人に、明時は明らかに不愉快そうな表情になる。

「すまないが、急ぎの用がある。道を空けてくれ」

「つれないねぇ。別にいいじゃねぇか。近くにいい茶屋があるんだよ。おごるから少しだけ一緒にお茶してくれよ」

「そうそう。ねぇちゃん夏陽国は初めてかい？　よければ観光案内もするぜ？」

道を空けるどころか、さらに詰め寄ってきた男たちに明時はさらに顔を歪ませる。銀花も威嚇するように唸り出すが、男たちは気にせず明時の肩を掴もうとする。

明時が眉をぴくりと動かし、鞘に手を置いた瞬間、「ちょっと待て！」と叫ぶ声が聞こえた。明時がはっとして振り向くと、人混みをかき分けながら向かってくる雪髪の少年が見えた。

「俺の連れです。勝手に連れていかないでもらえますか？」

息を切らしながら明時の元にたどり着いた凍月は、男たちを睨みつけ強い口調で言う。すぐあとから蛍もやって来て、冷ややかな視線で男たちを見据える。

「なんだよ、男連れかよ」と男たちはぶつぶつと文句を言いながらその場をあとにした。

「凍月!!　それに蛍も!!」

明時はぱぁっと顔を明るくさせ二人を交互に見る。「お久しぶりです、明時様」と蛍は微笑み、「明時も銀花も無事でよかった」と凍月は擦り寄ってきた銀花を抱きしめた。

「本当に心配だったよ……。明時が銀花と喧嘩して蹴られたり噛まれたりしてるんじゃないかって……」

「大丈夫だ、一回手を噛まれただけで済んだ」

「噛まれはしたんですね……」

蛍がつぶやいた声は聞こえない様子で、明時は凍月の体をまじまじと見つめる。

「私の方こそ心配したぞ。烏天狗に連れ去られてよく無事だったな」

「うまく逃げ出した先で蛍さんに保護してもらったんだ。間一髪だったよ」

「そうなのか、ありがとう蛍」

明時が礼をいうと「どういたしまして」と蛍はにこりと微笑んだ。

「それから二人でこの船着き場まで来て、明時の船が到着するのを待ってたんだよ。見つかってよかった」

「そうだったのか。……蛍はなぜここに？」

「雷鳴様からの命で、お二方を見つけ夏陽校《かようこう》まで案内するように申しつかっております。さっそく案内しましょう。馬を用意してあります」

蛍に案内され、二人は人波を縫いながら進んで行く。不意に蛍が凍月の方に近付いてきて、「あの、凍月さん」と耳元でささやく。

「明時様にはいつもそのような言葉遣いなのですか？」

「え、そうですけど？」

「普通、神伴は神には敬語で話すものです。ため口で話しかける神伴なんておりませんよ……」

「私が許可している。凍月はそれでいいんだ」

二人の会話が聞こえていたらしい明時は、蛍に向かって悪戯っぽく笑いかけた。

「……明時様がそう言われるのならばよいのですが……」と蛍は曖昧に返す。蛍も常に明時に向かって敬語を使っているし、もしかしたら自分は神伴としてだいぶ無礼な振る舞いをしているのではないかと凍月は感じたが、今更明時への態度を変えようとは思わない。

この先どんなことがあっても明時とは対等な関係でいたいと、凍月は明時の横顔を見ながら考えていた。

港から夏陽校への旅は順調に進んだ。故郷の冬月国だと三月はまだ雪がちらほら降っている時期だが、夏陽国はだいぶ暖かい。三月一日であるのに桜はすでに咲いており、風は完全に春を纏っている。

凍月は馬ではなく銀花に乗り旅を続けていたため、夏陽国では珍しい雪鹿をすれ違う人は皆見入っていた。

夏陽国には『輝鹿』の育成を生業とする『輝鹿衆《てるじかしゅう》』がいるのだが、凍月は訪れたことはない。なにせ凍月自身、夏陽国に来たこと自体が初めてなので、いつか輝鹿衆に行ってみたいと思う。

夏陽校に着いたのは、三日後の三月四日だった。

「ここが夏陽校です」と蛍が指さした建物のあまりの大きさに凍月は声を失ってしまう。

五階建ての木造の建築物で、一目では見渡せないほど広い。老若男女問わず大勢の人がおりたいへん賑わっていて、庭では書物を広げてなにやら討論を繰り広げている人々もいる。

「ここでお二方に会わせたい生徒がいるのです。案内いたしましょう」

蛍は慣れた様子で馬を用務員に預け、凍月も続けて銀花を用務員に預けた。どうやら蛍は顔を知られているらしく、蛍の連れだと分かると用務員は凍月と明時にも丁寧に接してくれた。

雷鳴ノ神が天人のふりをして時折訪れるというこの学舎には、全国から優秀な生徒が集まっているという。最近終ノ神の監視が厳しくなり、雷鳴ノ神も勝手な行動ができなくなっているため、今回は蛍だけが地上へ降りてきたらしい。

「本日お二方に会わせる生徒はアマツクニの季節について研究しており、明時様が邪神でないことの手がかりを持っています」

「そうか。私たちのためにわざわざここまでしてくれてありがとう」

「構いません。明時様が邪神でないと証明するためです。……終ノ神の行動は天上の神々の間でも問題になっており、大多数の神は中立的な立場ですが、中には終ノ神に賛同する方もおられるのです。しかし、僕も主も明時様が誕生したのには必ず意味があると思っています」

蛍の毅然とした態度に凍月は信頼感を増した。蛍と雷鳴ノ神を信じていれば、必ずや明時の出生の理由が分かる気がしたのだ。

蛍に案内され学舎の中に入り進んで行く。蛍は慣れた足取りであったが、部外者である凍月は今まで縁のなかった学舎というものに緊張しながら歩いていった。

蛍は生徒にも顔が知られているらしく挨拶をしてくる生徒もいたが、皆蛍の後ろを歩く明時に目を開き見入っている。なんだか変に注目されているような気がするが、気にしないふりをして凍月は蛍のあとを追った。

蛍に案内されたのは、一階の北の端にある古びた部屋だった。学舎は北棟と南棟に分かれており、南棟は十年前に新設され比較的新しいが、北棟は百年近く前からある校舎を使用しているらしく、悠久の年月を経たことが分かる内装である。

「夏凜《かりん》、いますか？」

蛍はコンコンと扉を叩き声をかける。すると中から誰かが何かにぶつかった音と、ばさばさといくつもの本を落としたかのような音が聞こえ、「痛っ！」と短い悲鳴も聞こえた。そして扉がゆっくり開くと、中から「いてて……」と腰を押さえながら長身の女性が現れた。

亜麻色の長い髪はぼさぼさに乱れており、着古したよれよれの着物を着ているため、一目見ただけであまり見た目に頓着《とんちゃく》しない性格であることが分かる。

「ほ、蛍様、お久しぶりです。……そちらのお二人はもしかして……」

女性はおずおずと蛍にお辞儀をし、凍月と明時に視線を移すと群青色の瞳を丸くさせた。

「はい、以前話していた明時様と凍月さんです」

「……やっぱり！　十三番目の神様ですね!!」

女性は興奮した様子で声を上げ、近くにいた何人かの生徒が振り向いたので蛍は慌てて彼女を制した。

「夏凜、中に入って話しましょう」

「え、あ、そうですね！　すみません、散らかっていますがどうぞ中へ」

夏凜はおたおたしながら三人を部屋の中へと入れた。部屋の中は本当に散らかっており、壁には所狭しと本棚が並べられているが、入り切らなかった本が床に山積みにされている。凍月にはなんだか分からない道具や文具がそこら中に置いてあり、かろうじて足の踏み場はあるものの気を抜いたら踏んでしまいそうだ。

部屋の真ん中には机と長椅子があったがやはり物で埋まっており、夏凜はあたふたしながら机の上や椅子の上の物を端に追いやり「どうぞ」と凍月たちに座るよう促した。

凍月と明時は顔を見合わせたが、蛍は事もなげに座ったので凍月たちも蛍の横に座った。

夏凜は目を輝かせながら凍月たちの真向いに座る。

「夏凜、明時様のことは僕たちだけの秘密だと言ったでしょう。周りの人にばれてしまうところでしたよ」

「す、すみません。興奮してしまいまして……」

夏凜は申し訳なさそうに頭を下げる。

「事前に話した通り、彼女がアマツクニの季節について研究している生徒です。この学舎で唯一私が雷鳴ノ神の神伴であること、そして明時様が十三番目の神であることを知っています」

「ご、ご紹介にあずかりました、夏凜と申します。夏陽国の魚衣里村《うおいりむら》の出身で、今年で二十歳になります」

夏凜は緊張した面持ちで明時たちに一礼する。「俺は凍月です。冬月国の雪鹿衆の出身です」と凍月も挨拶し、「私が明時だ」と明時が続けた。

「あぁ、本当に明時様に会えるなんて……！　この上ない光栄です!!」

夏凜は頭が机につきそうなほど深く礼をし、「私はそんなに偉いものじゃない。顔を上げてくれ」と明時は若干引き気味に声をかけた。なんで明時に対してこんなに畏まっているのか凍月は不思議だったが、よくよく考えれば目の前に神が現れたらこうもなるかと冷静になって夏凜の様子を見つめた。

「夏凜、お二人に話したいことがあるのでしょう?」

「え、あ、はい！　そうです！」

夏凜は端に寄せた書物の中から古びた木簡を取り出し机の上に広げてみせる。木簡には古い文字がびっしりと書かれており、何が書いてあるのか凍月にはさっぱり分からなかった。

「私はアマツクニの古代から現代までの季節の変移を研究しております。この木簡は九百年ほど前のものだと思われ、当時の民の暮らしについて書かれてあります。ところどころ破損がひどく読めない箇所もありますが、この木簡はどうやら夏陽国の民が書いたものであり、『二月十五日、満開の桜と満月を見ながら酒を楽しむ』と書いてあるのです」

夏凜は木簡の一部を指さしながら説明する。

「え、二月十五日に満開の桜……？」

凍月は思わず声をこぼす。桜の開花が早い夏陽国であっても、二月中旬はまだ桜は蕾のはずだ。

「お気づきの通り、現代の夏陽国で桜が満開になる時期は三月上旬から中旬です。その他にも色々な文献を解読すると、どうも千年前と今とでは季節と月が一か月ほどずれているような気がするのです」

「それともう一つ見せたいものがあります」と言って夏凜は席を立ち棚から巻物を取って戻ってきた。だいぶ汚れているものの表紙には美しい金色の紙が使用されていることが分かる。夏凜は紐を解き慣れた手つきで巻物を机の上に広げた。

凍月は巻物を覗き込むが、やはり古語で書かれておりまったく読めない。

「これも千年以上前の巻物です。誰の手によって書かれたものかも分かりませんが、この一文は『十三月は朔日《ついたち》から五日までずっと雪が降った』と解読できるのです」

夏凜は熱を持った声で言い、凍月と明時も「え!?」と声を上げて夏凜を見返した。

「昔は十三月があったというのか？」

「確証がありませんが、私はあったと考えています。仮説ですが、アマツクニは月の満ち欠けを一か月とし、それを十二回繰り返すことで一年としていますが、それでは少しずつ月と季節にずれが生じるのだと考えられます。そのため昔は十二の月の他にもう一つ『閏《うるう》月《づき》』を設け、季節を調整していたのではないかと考えています。この他の文献にも『来年は閏月がある』だとか、『閏月に生まれた子は一月の生まれにしてもよいだろうか』だとか書かれたものを見つけたのです。しかし、はっきりと『十三月』と明記したものはこの文献しかなくて……。先生や同期たちにこの話をしても『十三月などあるわけがない』『昔の人が書き損じただけだろう』と相手にしてもらえず、なんとか裏付けを見つけようと探しているところなのです」

夏凜が一息つくと、また輝いた瞳で明時を見つめた。

「そんなときに雷鳴様から明時様のことを聞いて本当に嬉しくて嬉しくて……！　『十三月』があるという強い確信が私の中に生まれました。なんとしても昔十三月があったという証拠を見つけますので、明時様が本物の季節神であるという証明の手助けをさせてください！」

夏凜は一息に言うとまた深く頭を下げる。「分かった、あなたの気持ちはもう充分だ」と明時は冷静に返した。

「でも、すごい証拠が見つかったね。千年前ってことは、陸が言ってたこととあってるよ」

「あぁ、陸が千年前に十三月の神の話を聞いたというのは、本当だった可能性が高いな」

「え、誰ですか陸って!?」

凍月と明時の会話に反応して夏凜はがばっと顔を上げる。

「春朝国で世話になった龍だ。神代から生きている龍でな、彼女は千年以上前に十三月の神について聞いたことがあると言っていたんだ」

「えぇ!? 神代から生きている龍と話したんですか!? 羨ましすぎます!!」

「夏凜、声が大きいよ」

蛍が注意すると、夏凜は「す、すいません、つい……」と小さくなる。

「……そ、その龍はほかにも何か言っていなかったんですか?」

「いや、十三月の神について聞いたことがある程度で、詳しいことは知っていなかったんだ」

「そうですか……。でもすごい発見ですよ……!! やっぱり十三月の神はいたんだ……!!」

夏凜は幼子のように顔を輝かせ明時を見つめる。

「こうしてはいられません。実は半年前に東側にある古い校舎を取り壊した際、地下室から大量の書物が見つかったんです。この木簡もそこから見つかったものなんですよ。まだ地下に大量の書物が埋まっていて、その中に十三月の神に対して書かれた書物があるはずです。今から発掘に向かいます!!」

「あ、夏凜!! もう少し話を……!!」

蛍が止めるのも聞かず、夏凜は部屋から出て行ってしまう。部屋には三人だけが残され、蛍は小さくため息をついた。

「……風のような人ですね」

凍月は閉まった扉を見ながら呆然とつぶやいた。

「研究のこととなると周りが見えなくなる性格で……。優秀なのは確かです」と蛍は苦笑して返した。

「……やはり、千年前には十三月の神がいたのだな」

明時は嬉しそうな声で机の上に広げられた巻物を見つめる。

「でも、なんでみんな十三月の神のことを忘れちゃったんだろう？」

凍月も巻物を見つめながらつぶやく。巻物に何が書かれているのか分からないが、夏凜の言うことが確かなら、昔の人は十三月のことを広く知っていたような感じがするのだ。

「……実は千年ほど前、季節神たちは四季神によって皆殺されているのです」

蛍は暗い声でぽつりと言う。予想だにしない言葉に明時と凍月は「え？」と蛍の方を向いた。

「当時の季節神たちは今より遥かに奔放で、徒《いたずら》に夏に雪を降らせたり、冬に熱波を送り込んだりして愉しみ、民を大いに困らせていたらしいです。それを憂い、怒った四季神たちは季節神たちを皆殺し、新たに十二体の神たちを誕生させました。そして同時に『神伴』を誕生させたのです。二度と愚かな行動をする神に地上の気候を荒らされぬよう、地上の人間から神を見張る役目を持つ者を選び、真澄の瞳を与え、神伴として神とともに生きるよう命じたのです」

凍月と明時は黙って蛍の話に聞き入った。

「……神伴にそんな歴史があったんだね……」

「あぁ、私も知らなかった……」

「このことを知っている者は天上でも少ないです。千年前新たに誕生した十二体の神の中で、今まで生きているのは我が主である雷鳴ノ神しかいませんから」

微笑みながら言う蛍に、「え!?　蛍さん千歳なんですか!?」と凍月は驚いて声を上げる。

「そうですよ」と蛍はにっこりと笑った。

「……だからこそ分かるんです。千年間、色々な神と神伴の誕生と死を見てきました。だから私も、雷鳴様も、明時様が邪神でないと分かっていますよ」

蛍はどこか悲しげに明時を見つめる。果たして千年という長い年月の中蛍が何を見てきたのか分からないが、その翡翠色の瞳の深さに凍月は思わず狼狽えてしまう。

「凍月さん、その真澄の瞳で明時様が進む道を踏み外さぬよう見守ってくださいね」

蛍が目を細め優しく言う中、「……あの、真澄の瞳ってなんですか……?」と凍月はおずおずと尋ねた。今まで何回か明時の口から聞いた気がするが、そのときは他にも色々ありすぎてどういう意味か訊くのをすっかり忘れていた。

「え?　明時様、凍月さんに説明していなかったんですか?」

「え、凍月意味分かっていなかったのか?」

と蛍と明時は驚いた表情で同時に口を開く。

「ごめん。分かってなかったけど、訊く暇がなくて聞き流してたよ」

「そうなのか……。すまない、てっきり知っているものだと思っていた」

二人の会話を聞き、「地上の民には知りえない言葉ですからね」と蛍は苦笑して言葉を続ける。

「真澄の瞳というのは、神伴の瞳のことを指します。神伴は真澄の瞳により主である神の心を見抜くことができ、主が道を踏み外しそうかどうか判断するのです。凍月さん、今まで明時様と旅をしてきて、明時様の心情を察したことはありませんでしたか？」

「え、明時の心情？」

凍月は腕を組み今までのことを思い起こす。確かに、今までにも何度か明時の心情らしきものを感じたことがあった。初めて出会ったときは彼の底知れぬ孤独のようなものを感じたし、旅をするうちにその孤独が薄れていく感じや、彼のまっすぐな純粋さを感じるようなときもあった。

そもそも初対面で明時のことを男だと分かったのは、その真澄の瞳のおかげなのかもしれないと凍月は考え始める。

「確かに何回かあったような気がしますが、確信はないです」

「まだ明時様と出会って日が浅いからでしょう。共に過ごすうちによく分かるようになってきますよ」

と蛍は言うが、他人の心の中が分かるなんて相手からしたらたまったものじゃないように思える。「心を見抜かれるなんて嫌じゃない？」と明時に問いかけると、「嫌ではないぞ、それが真澄の瞳というものだからな」と平然と答えてきたので「そっか……」と凍月は曖昧に頷いた。

「……話を戻しますが、千年前季節神たちが皆死んだとき、天上も更地となり一から創り直されたのです。そのため千年以上前のことを知る神はおらず、文献もほとんど残っておりません。そして季節神がいなくなれば地上の気候も荒れ狂うため、災害のさなか地上にあった文献も失われてしまったのでしょう」

蛍は話を続ける。「だから十三月の神を知っている人がいなくなってしまったのか……」と凍月はつぶやき、「まったく、昔の季節神たちはけしからんな」と明時は相槌を打った。

「終ノ神は季節神の中で明時様の次に若い神です。先代のように道を踏み外さぬよう、過去の神々やアマツクニに関する文献を読み、神として真面目に責務を遂行していました。しかし、明時様が誕生したことにより終ノ神は悩み、過去の文献をあたり十三月の神が存在した年に酷い災厄が起きたことを突きとめたのです。そのため終ノ神は明時様を処刑しようとしているのでしょう」

そこだけ聞けば終ノ神は真面目な神であるように思えるが、明時を捕まえるために恐ろしい妖怪を放ったり、真冬を無理矢理連れ去ったりしたのを考えれば、いささか独善的であるようにも思える。

「終ノ神を説得するために、十三月の神が存在した年になんで災厄が起きたのかも調べた方がいいな。本当に十三月の神のせいであったかどうか判断したい」

「そうだね、なんとかして証拠を見つけよう」

陸と話したときに見つけた一縷《いちる》の望みが、ここにきて大きな希望となったように凍月は感じた。ここで明時が邪神でない証拠を見つけることができれば、明時が捕まることもなく真冬を無事に助け出せるような気がするのだ。

「僕もできることなら手伝いたいのですが、明日には天上に帰らなければなりません。次に地上へ降りることができるのは四月の上旬になります。そのときにお二人が天上へ行けるように手配しましょう。次の移季ノ儀は四月の晦日で、終様はその時に真冬さんを処刑しようとするはずです。それまでになんとしても夏凜と協力して証拠を見つけてください」

蛍の言葉に、二人は「はい」と強く頷いた。

その後、泥だらけになった夏凜が戻って来たのは夕刻であり、何も進展がなかったということを残念そうに凍月たちに話して終わった。同じく夕刻には蛍は帰ってしまい、夏凜は蛍を見送ったあと研究を続けると言って部屋に籠ってしまった。

凍月と明時は用務員に来客用の部屋へと案内された。二人は天上から夏陽校を視察しに来た天人という設定になっており、手厚いもてなしに凍月は気後れしそうになる。

「天人は神伴を捜すときにしか地上に降りてこないと思ってたけど、こういう学舎を視察することもあるんだね」

夜になり、部屋に用意された布団の上に寝そべりながら凍月はつぶやく。「そうだな。私も知らなかった」と、凍月の横の布団で横になっていた明時は返す。

明時も天上にいたとはいえ捕らわれの身であったので、天人たちのことをよく知らないようだった。

「……もし私が本当に邪神であったのなら、迷わず私を殺せよ」

明時が急にそんなことを言い出すので、「え？」と凍月は驚いて明時を見た。

「お前の真澄の瞳なら、私が邪神であるかどうかすぐに分かるはずだ。もし私がアマツクニに災いをもたらす神であったのならば、迷わず私を殺してくれ」

迷いのない清冽な声に、凍月は何と返せばいいか分からず押し黙った。ふいに千年前から生きている神が、雷鳴ノ神しかいないと言った蛍の言葉を思い出す。

ということは、他の神々は道を踏み外し神伴に殺されたということになる。

今の明時が邪神だとは到底思えない。しかしこの先、明時が道を踏み外し本当に邪神となってしまったときに、果たして自分が明時を殺せるのかと考えたが、あまりにも実感が湧かず答えは出なかった。

「邪神じゃないよ」

凍月は考えることをやめ、心に浮かんだことを口に出す。

「たとえ明時が邪神だったとしても、俺なら殺す前に『正しい道を歩け!!』って叱るね。それでもだめならひっぱたいてでも正しい道を歩かせるよ」

そう言ったあと、「いや、銀花に蹴ってもらう方が効果的か」と凍月は付け足した。明時はおかしそうに笑い出し、凍月もつられて笑ってしまう。

本心からの言葉であり、明時を殺すくらいなら何が何でも真っ当な道を歩かせようと凍月は思う。

「ありがとう」

今まで聞いたことがないほど優しい声色で明時は言う。

そしてまた、明時の孤独が薄れたような心地がした。

凍月と明時が夏陽校ですることといえば、もっぱら夏凜の手伝いだった。

古語を読めない二人であったが、『十三月』と『閏月』の二つの単語だけは古語でも読めるようになり、夏凜とともに夏陽校の書物庫に籠って手あたり次第文献を漁った。

そして古い校舎の地下室から書物を運搬し、清掃する作業も夏凜や他の生徒たちとともに行った。

地下室はどれだけの年月ほったらかしにされていたのかも分からぬほど悲惨なことになっており、酷くかび臭く壁や天井は崩れかけ部屋の中は泥だらけだ。書物は保管されているというよりも、無造作に投げ入れられたと言った方がいい有様である。

あまりの臭さに凍月と明時は口元に布を巻き作業を行ったが、手に取ったほとんどの書物は崩れかけで読める状態ではなかった。

この中からはたして十三月の神にまつわる文献を見つけることができるのだろうかと凍月は絶望的な気持ちになったが、とにかく心を無にして黙々と作業を続けていった。

他の生徒たちからは天人にこんな泥臭い作業をさせるわけにはいかないと止められたが、明時はアマックニにとって重要なことだからと生徒たちを説得し、自ら先頭に立って作業を続けた。

夏陽校での生活で凍月が初めて知ったのが、生徒はとても忙しいということだ。

自分の研究に没頭していればいいというわけでなく、いくつもの授業を受けてさらに試験なるものも受け、それに合格しなければいけないらしい。不合格になると進級ができないらしく、いくつもの試験で不合格を取ると退学になってしまうということで、生徒たちは日夜勉学に勤しんでいた。

夏凜も昼間は授業に出て課題をこなし、合間を見つけて書物を地下から運搬し、授業が終わってからは夜中まで書物を読み十三月の神について調べ続けていた。

凍月たちが来てから二週間が経っても何も進展がないのに焦った彼女は、連日徹夜をして研究を続けたため、昼間地下室から書物を運んでいる最中ついに倒れてしまった。

一緒にいた明時はすぐに夏凜を背負って部屋へと運び、適当に書物をどかして彼女を床へ横たえた。

「面目ないです……」

夏凜は弱々しい声で明時に言う。

「ここ数日無理をし過ぎていたんだよ。今凍月が水を取りに行ってくれているから、夏凜はひとまず休んでくれ」

「しかし、明時様たちが頑張っているというのに私だけ休むわけには……」

「私たちは神と神伴だからな、多少無理をしても平気なんだ。しかし、人間であるあなたはそうはいかないだろう。眠らなければ体が思うように動かなくなる。とにかく、よくなるまで休むんだ」

明時が強い口調で言うと、夏凜は素直に「はい……」と頷く。

すぐに凍月が水桶を持って来て、夏凜は水を飲んで少し休むとだいぶよい顔色になった。

「ありがとうございます明時様、凍月さん。お二方に看病してもらうなんてなんと恐れ多い……」

「そんなに畏まらなくていいよ。俺だってほんの少し前まではただの雪鹿衆だったんだから」

明時ならまだしも、自分にまで敬語を使われると凍月は変な気持ちになる。「いえ、神伴様に失礼な真似はできません」と夏凜は首を振った。

「看病くらい気にしなくていいさ。夏凜は私たちの力になってくれているからな。夏凜の研究のおかげで私は処刑されなくてよくなるかもしれない。しかし、体を壊してはどうしようもないからな。無理はしないでくれ」

明時の言葉に、夏凜は感極まった様子で口を震わせ、目を潤ませたので凍月は驚いてしまう。

「優しいお言葉ありがとうございます……。しかし、私は雷鳴様から受けた御恩を返してはおりません。なんとしても雷鳴様や明時様たちの力になりたいのです」

目を拭いしゃくり上げながら話し出した夏凜に、凍月は「恩？」と聞き返す。

夏凜は涙を止め、一呼吸置いて話を続けた。

「……私は夏陽国の南端の魚衣里村という小さな村の出身です。五人兄弟の末子で、家族皆で漁業を営んでおり、決して裕福な家庭とはいえませんが、慎ましやかな生活をしておりました。私も親の仕事を手伝っていましたが、私に勉学の才能があると知ると家族たちは、なんとか学費を捻出し私を夏陽校へと入学させてくれました。……しかし、夏陽校に入学するのは大抵が高官の子か裕福な家の子です。私のような片田舎の貧乏人はすぐにのけ者にされ、教師たちからもよい扱いはされませんでした。それでも私を信じて送り出してくれた家族のため必死に勉強を続けましたが、真っ当な評価をされないまま月日だけが過ぎていきました。もう実家に帰ろうかと思っていたとき、雷鳴様に出会ったのです」

暗かった夏凜の声がわずかに明るくなる。

「雷鳴様は身分を隠し、天上から視察に来た天人と偽って夏陽校に来られました。そして私の研究を見て、私を天人候補とするとおっしゃったんです。そこから私の待遇は天地がひっくり返ったかのように変化しました」

「え、天人って地上の人間からも選ばれるの？」

凍月は思わず口を挟んでしまう。天人は昔からずっと天上に住んでいる民だと思っていた凍月は、地上の人間が天人になるなんて考えたこともなかったのだ。

「はい、優秀な人間は天上へ行き神の元で働くことを許可されるのです。天人候補になっても、天人になれるのはごくわずかなんですけどね」

「そうだったんだ」と凍月はつぶやき、「私も知らなかったな。逆の制度も欲しいものだ。横暴で神伴を見間違えるような天人は天上から追放するみたいな制度を」と明時は険しい顔をして言う。

「……それから雷鳴様は蛍様とともに時折夏陽校を訪れては私を気にかけてくださいました。私は神々に関する文献を読むのが好きなもので、ある日雷鳴様の外見が文献で出て来る七月の神にそっくりだということに気付いたんです。なんとはなしにそのことを雷鳴様に伝えると、雷鳴様が笑いながら『その通りだ、あたしが七月の神である雷鳴ノ神だ』と言うものだから、心臓がまろび出るほど驚きました」

夏凜は思い出したように笑い、状況を想像して「それは驚くね」と凍月も苦笑して返す。雷鳴ノ神がどんな神なのかは分からないが、夏凜や蛍の話からしてなかなか大胆な性格らしかった。

「だから雷鳴ノ神のことや蛍が神伴であることを知っているのだな」と明時が尋ねると、夏凜は「はい」と微笑んだ。

「……雷鳴様のおかげで、私は今でも大好きな勉強ができるのです。だから、この御恩を返したいんです。雷鳴様と蛍様から任されたこの重要な任務、必ず成し遂げてみせます!!」

夏凜は両の拳を握りしめ力強く言うと、また研究に戻って行った。

「私たちも負けていられないな」と明時が言うので、凍月も「うん」と頷き明時と一緒に書物の解読を続けていった。


事態が動いたのは三月二十五日だった。夏陽校の校舎周りに植えられた桜は満開を過ぎ、風が吹くたび花びらが優雅に舞い落ちていく。そんな中凍月と明時は書物庫に籠り、地下室から運搬した書物をひたすら読み進めていた。

凍月と明時が汚れまみれになりながら地下室から書物の運搬と清掃をしているのを見て、生徒たちも手があけば続々と手伝ってくれるようになり、すでにほとんどの書物を書物庫に運搬し終えていた。おかげで二人は書物の解読に集中することができた。

連日続く作業に目が疲れ、もしかしたら重要な文字を読み飛ばしてしまっているかもしれないと凍月が不安を感じていると、不意に「なぁ、凍月」と明時が声をかけてきた。

「これ『十三月』って書いてないか？」

そう言って明時は手に持った巻物を凍月に見せる。凍月は疲れ目を瞬かせながら巻物の文字を凝視すると、だいぶ崩した文字で読みにくいが確かに『十三月』と書いてあるような気がした。

「本当だ。……え、待って、すごくいっぱい書いてない？」

ざっと見ただけでも四つほど『十三月』の文字が見えて凍月は驚く。なにせ今まで百冊以上読んだが一つも見つけられなかったのだ。「だよな」と明時は顔を輝かせた。

「これはすごい発見だぞ、すぐに夏凜に見せに行こう」

明時は巻物を持って書物庫から飛び出し、凍月もあとを追った。急いで夏凜の部屋へ行き、明時は「夏凜、入るぞ！」と声をかけたと同時に部屋へ入った。

書物に埋もれるように本を読み耽っていた夏凜は、いきなり入って来た明時に驚きながら「ど、どうしました？」と声を上げる。

「ついに見つけたぞ！　十三月について書いてある巻物だ！」

明時は息を切らしながら夏凜に近づき巻物を見せる。「え!?」と夏凜は巻物を受け取りすぐに開いた。「この部分だ」と明時が指をさした文を夏凜はまじまじと見つめ、みるみるうちに目を丸くさせた。

「た、確かに書いてあります。天陽《てんよう》三十二年のもので、今から千十二年前ですね。書き人は分かりませんが、巻物の感じからしておそらく位の高い人が書いたものだと思われます」

夏凜はじっくりと巻物の文字を読んでいく。

「どうやらこの人は夏陽国の気候の移り変わりについて記しているようです。天陽三十二年には十三月があったようですね……。この時代の文献は極端に少ないので、とても貴重ですよ。こんな重要なものが地下に埋まっていたなんて……!!」

夏凜は急に顔を上げると明時を見据える。

「おそらくこの巻物は続き物で、前後があるはずです。似たような見た目の巻物か、この巻物の近くにあった書物を持って来てください！」

夏凜は早口でまくしたてるように言い、「分かった」と二人は頷き部屋を後に急いで書物庫に向かった。

夏凜に言われた通り似たような巻物や、一緒に掘り出してきた書物を夏凜の部屋へと運ぶ。夏凜は何かに取り憑かれたかのように解読を続け、凍月たちの声も聞こえなくなっているようだったのでそっとしておいた。

それから三日経っても夏凜は必要最低限しか部屋を出て来ることがなく、凍月と明時は定期的に部屋を訪れ彼女が倒れていないことを確認し、良い結果が出るように祈った。

ついに彼女が部屋から出てきたのは四日後の昼過ぎであり、他にも十三月についての文献がないか書物庫で探していた二人の元に、目元に酷い隈《くま》を作った夏凜が現れた。

「分かりました！　この巻物は全七巻で天陽二十八年から四十年までの十二年間の気候の移り変わりを記してあります！　当時の気候が分かるとても貴重な文献ですよ‼」

夏凜は疲れ切った顔をしているのに目だけを輝かせ、鼻息を荒くして勢いよくしゃべり出した。

「だいぶ特徴的な文字で解読に苦労しましたが、非常に事細かに記してくださっています。明時様が『十三月』の文字を見つけたのは第二巻で、十三月について詳しく書かれていました！」

夏凜は手に持った巻物を床に広げながら説明を始める。

「まず天陽三十一年の元旦に、『四季と月のずれを直すため、天命により来年は閏月なるものを設けることになった。今のうちから準備をしなければならない』と書かれています。その後の記述により、閏月が設けられるのはこの巻物を書いた人が知る中では初めてのことだったようです」

巻物の文章を指さしながら夏凜はどんどん話していくが、凍月は何が書いてあるのか分からないので夏凜の言葉だけを聞いていた。

「そして天陽三十二年、十二月で一年が終わったかと思いきや十三月が登場しています。いつもよりも一月多いので民は困惑していたものの、初の十三月ということで特別な祭りや祝いの席が設けられ盛り上がっていたようです」

夏凜は巻物の最後の方を見せながら言う。「……災いが起こったってわけではなさそうだな」と明時はぽつりとつぶやく。

「はい。この頃の気候をみると、天陽三十二年までは現在の気候とほぼ変わりませんが、天陽三十三年からは現在よりも一か月ずれていました」

「十三月を設けたから、一か月ずれるのは当たり前だよね」

「あぁ、夏凜が考察した通り、月の満ち欠けを一か月とした場合少しずつ季節とずれが生じるため閏月を設けたというのは当たっている気がするな」

明時の言葉に夏凜は嬉しそうに口元を上げ「はい、新たな根拠を見つけました」と微笑んだ。

「事態が変わったのは天陽三十六年からです」

　夏凜は巻物を片付け別の巻物を床に広げる。

「三十六年以前から度々異常気象は起きていたようですが、三十六年からは不可解なほど多いのです。二月であるのに気温が高かったり、七月に雪が降ったりし、十月はずっと嵐に見舞われ作物がすべてだめになったとも書かれてあります。異常気象は書き手が病に伏せる天陽四十年まで続いたとあり、その後のことは分かりません」

　夏凜はまた巻物の書かれた文字を指さしながら説明する。なんと書いてあるかは分からないが、巻物の後半にいくにつれ文字が乱雑になっていき、書き手がしだいに病に弱っていく様子が分かるようだった。

「天陽四十年とは今から何年前だ？」と明時が問いかけると、「千四年前です」と夏凜はすぐに返す。

「……蛍さんが言ってた千年前に好き勝手していた季節神たちがみんな殺されたのって、この時期なんじゃない？」

「あぁ、そう考えると辻褄《つじつま》が合う。千年以上前には確かに十三月の神がいたが、十三月の神が原因で気候が荒れたわけじゃない。当時の季節神たちが好き勝手していたからだ。そのあと四季神が怒って季節神たちを皆殺してしまったのも気候が大荒れした原因だろう」

　凍月は胸を躍らせて明時を見ると、同じように喜びを隠せない様子の明時と目が合った。そして明時はいきなり凍月に抱き着いてきたので、「うぇっ」と凍月は変な声が出る。

「やったぞ凍月！　私が邪神ではないという証拠が見つかった！　これで終ノ神や他の神々を説得できるぞ!!」

明時は凍月から体を離し輝くように笑うので、凍月も自然と笑みがこぼれる。

「邪神どころか、季節のずれを直すための重要な神じゃないか。明時がいなきゃ、季節はどんどんずれていって、数百年後は春でもずっと雪が降ることになるかもしれない」

「そうだな、きっともうじき十三月が必要になる年だから私が誕生したんだろう」

凍月は明時と喜びを分かち合っていたが、ふと巻物の内容に疑問を感じる。

「……でも、なんで季節がずれるんだろう？　季節神たちが月ごとに季節を監視しているのなら、ずれなんて生じないいんじゃない？」

凍月が疑問を口にすると、明時は少し考え「千年かけて一か月ずつずれていくから、天上の神々も気付かなかったのだろうな」と話し出した。

「季節神たちは自分たちで自由に地上の季節を操れるわけじゃない。千年前の季節神たちのように故意に雪を降らせたり雷を落としたりすることはできるが、基本的に季節は自然に流れるままになっている。地上の民が激しい吹雪に震えていれば雪を弱め、干ばつに苦しんでいれば雨を降らせ助けるのが神のあり方だ」

「そうなんだ。完全に季節を制御しているわけじゃないんだね」

地上の季節は神々によってもたらされていると思っていた凍月は少し驚く。「あぁそうだ。アマツクニの民が平和に暮らせるよう、四季の巡りに少しだけ手を加えているだけなようだ」と明時は言い、夏凜の方を向いた。

「夏凜。この巻物を証拠として天上へと持っていきたい。全てが終わったら必ず返しにこよう」

「もちろんです！　でも、重要な箇所は写させていただけませんか？　それと、皆さま用に翻訳した紙も準備してお渡しいたします！　あ、あと、次に十三月が来るのはいつになるのかも計算いたしましょう！　蛍様がお二人を迎えに来るまでに終わらせますので!!」

「もちろんいいぞ、よろしく頼む」と明時が頷くと、夏凜は巻物を抱きかかえてよろけながら書物庫から出て行った。凍月と明時は十三月の神についての文献が見つかり気持ちが沸き立っていたが、明るい気持ちは長くは続かなかった。

迎えに来るはずの蛍が、四月の上旬を過ぎても現れなかったのだ。

四月の上旬には明時たちを迎えに来ると言っていた蛍だが、四月十二日になっても音沙汰がなかった。さすがに異変を感じた凍月たちであったが、天上にいる蛍へ連絡手段はなくただ待つしかない。

「……今日も来なかったな」

明時は夏凜の部屋に散らばった書物を片付けながらつぶやき、明時の隣で同じく片付けていた凍月は「そうだね」と暗い声で返した。時刻はすでに夕刻であり、今日こそは蛍から連絡が来るかもしれないと待っていたが徒労に終わった。

「すいません、お二方の手を煩わせてしまって……」

夏凜も机の上の書物を片付けながら恐縮したように言う。「気にしないでくれ。こんなに散らかったのも十三月の神について調べてくれたおかげだからな」と明時は微笑んで言う。

「……でも、蛍が来ないとなると、そろそろ考えないといけないいな」

「そうだね……自力で天上に行かないと」

なんらかの理由があって蛍が来ることができないのであれば、自力で天上に向かう方法を考えなければならない。すでに四月十二日も終わろうとしている。もし終ノ神が『移季ノ儀』で真冬を処刑するつもりならば、儀式の日は四月二十九日になる。あと十七日以内に天上に向かうとなれば、もう出発してもよいくらいだ。

「……しかし、自力で天上へ行くとなると、長旅になりますよ。蛍様や天人たちは専用の牛車で地上と天上を一刻ほどで行き来できますが、地上の民が天上に行くにはまず不死山《ふじやま》へ行かなければなりません。不死山まで馬で行っても四日はかかりますし、辿りつけたとしても許された者しか不死山へは入れません。それに不死山から天上へはかなり険しい道だと聞いております……」

夏凜は眉を下げ言い難そうにする。夏凜の言う通り、天上に行くには不死山というアマツクニで最も標高の高い山へ向かわなければならない。不死山はアマツクニの中心にあり、夏陽校からでは馬で順調に行っても四日はかかる。登山口では天上の使いが門番をしており、天人や神に選ばれた人間しか中に入ることができないのだ。

門以外の場所から入ろうとしても、山全体に結界が張ってあるため門以外から入ることはできない。

「蛍様は約束を破るようなお方ではありません。きっとなにか事情があるのでしょう。そのうち連絡が……うわぁ!?」

急に窓に何かがぶつかるような大きな物音が響く。凍月と明時はすぐに窓の方に振り向き、夏凜は手に持っていた本を全て落とした。

見れば、烏のような外観で黒い羽と金色の嘴《くちばし》を持つ鳥がガンガンと窓に何度も体当たりをしている。

「え、あ、金烏《きんう》!?」

夏凜は慌てて窓を開け室内に鳥を招き入れる。鳥の脚には手紙が括り付けられ、夏凜がそれを取ると鳥はさっさと窓から飛び立ち空へと戻っていってしまった。

「今の鳥はなんだ?」

明時は小さくなっていく鳥を見つめながら問いかける。

「金烏という天上にいる鳥です。よく雷鳴様や蛍様が私に連絡を寄越すときに金烏を遣わせるんです」

夏凜は急いで手紙を開き、凍月と明時は夏凜に近付き手紙を覗き込んだ。「蛍様からの手紙ですね……」と夏凜はつぶやいたきり言葉を失ってしまう。凍月も黙って手紙の内容を読んでいった。相当急いで書いたらしく、丁寧な蛍には似合わず文字が乱雑になっている。

「……なんということでしょう。天人たちに雷鳴様と蛍様が明時様を逃がす手伝いをしているとみなされ、見張られているとのことです。だから迎えに行くこともできないとのこと……。しかも、この夏陽校にもじきに天人が明時様たちを捜しにくるとも書かれています……！」

　夏凜は目を見開き明時を見つめる。凍月は明時と顔を見合わせ頷いた。

　四月上旬を過ぎても蛍は迎えに来なかったときから、何か事情があるのではないかと凍月と明時は考え、事前にすぐ出発できるよう準備をしていた。

「夏凜、私たちは今からここを去る」

「えぇ!?　今からって、もう日が暮れますよ……！」

「いつ天人たちが来るか分からないからな。行動するなら早い方がいい。もし天人たちに私たちのことを聞かれても、何も知らないふりをしてくれ。なんならすべて雷鳴ノ神のせいにすればいい」

「し、しかし……」

　狼狽えている夏凜に、「大丈夫だ」と明時は優しい声色で言う。

「こうなることは予想していた。自力で不死山に行く覚悟はできているさ。夏凜には本当に世話になったな。作ってくれた資料を持って神々を説得しに行くよ」

　明時は十三月の神について書かれた巻物と資料を持って夏凜に笑いかける。「ありがとう夏凜、本当に助かったよ」と凍月が言うと、夏凜は困ったように笑った。

「そんな……礼を言うべきは私の方です。お二人のおかげで私の念願だった十三月の神に役にも立つのなら、これ以上の幸福はありません。どうかご無事で」

ついての情報を見つけることができました。私の研究がお二人の役に立ち、アマツクニの

夏凜は深々と頭を下げ、二人はもう一度夏凜に礼を言うとすぐに出発の準備をした。

時刻は九ノ刻を少し過ぎた頃で、外はすでに日が暮れ暗くなっていた。満月に近付いてきた月が空に煌々と輝いているのが見える。二人は誰にも見られぬように馬小屋へと向かい銀花を外へ出すと、すぐに銀花に乗り闇夜に紛れて駆け出した。

二人が出て行った半刻後、何の前触れもなく天人たちが夏陽校へと現れた。

動揺する生徒や教師たちをよそに、何十人もの天人たちが許可なく夏陽校の中に立ち入り捜索を始める。

夏凜の部屋も例外ではなく、天人たちは真っ先に夏凜の元へと行き部屋の捜索と夏凜へ詰問を始めた。

「先月からここに天人を騙った男が二人来ていたはずだ。そいつらは今どこにいる。隠し立てするとお前も罪に問われるぞ」

天人の男は威圧感を持って問いかけ、夏凜はおどおどしながらも口を開く。

「は、はい……。確かに天人を名乗る男性が二人来ておりましたが、本日の夕刻から姿を見ておらず、今どこにいるのかも分かりません」

「本当か？　お前は雷鳴ノ神から目をかけられているらしいじゃないか。神からの命令で匿っているのではないか？」

「い、いいえ、本当に何も知りません。私はただ蛍様から二人が視察に来た天人とだけ聞いており、普通にもてなしていただけです。まさか天人を騙っているとは思いもしませんでした……」

夏凜は首をふるふると振って男の言葉を否定する。男はわざとらしく大きなため息を吐き夏凜の部屋を見渡した。天人たちは散らかった夏凜の部屋に踏み込み、乱雑に書物をどかしていく。「あぁっ、乱暴に扱わないでください！」と夏凜は声を上げるが、天人たちは気にせず部屋を漁っていく。

しばらくすると廊下の奥から一人の天人が駆け足でやってきて、夏凜の部屋にいた天人たちに向かって声をかける。

「用務員の話から二人のうち一人は雪鹿に乗ってやって来たようですが、その雪鹿が馬小屋からいなくなっています。もうここを去った可能性が高いです」

その言葉に夏凜を詰問していた男は大きく舌打ちをし、「今すぐ周囲を捜せ！　そう遠くには行っていないはずだ！」と声を上げる。天人たちは「はい！」と返事をし、すぐに部屋から出て行ってしまった。

一人荒れた部屋に残された夏凜は書物を片付けながら、「四季神様、どうかお二人をお助けください」と小さな声で祈った。

不死山への道のりは、夏凜が懸念した通り困難を極めた。

夏陽校の周辺には天人が大勢いて明時たちを捜しており、二人は闇に潜みながら慎重に天人たちの目を潜り不死山への道を進んだ。

不死山に行くには夏陽国の関所を越えなければいけないが、予想通り警備が強固になっており、易々と近づけそうにはなかった。関所に通じる大通りにも兵士たちは配置されており、凍月たちは山道を進みながら関所に近づいて行った。

四月十七日の夜、凍月と明時は野営をしながら関所を突破する方法を話しあった。

「……どうする？　この様子だと関所を通るのは無理だな。天人たちが夏陽校に来たのなら、凍月と銀花の情報も関所にいっている可能性が高い。やはり迂回するほかないと思う」

明時は焚火に枝をくべながら言う。薄暗闇の中、焚火のほのかな明かりが二人の顔を照らし出している。

「……それだと時間がかかる。どうにか関所を通れないかな？　船に乗ったときみたいに、八重ちゃんと春一の通行手形を使って鹿師のふりをして通ろう。明時は女装して、俺の髪は墨かなにかで染めるから……」

「いや、銀花でばれるだろう。時間がかかったとしても、安全な道を選んだ方がいいはずだ」

「でも、そしたら真冬を助けるのに間に合わなくなるかもしれないだろ！　明時はもう異端の神じゃない証拠が見つかったからいいかもしれないけど……」

凍月は思わず語尾を荒げてしまう。抑えきれない焦燥感が凍月の胸を支配していた。言ってしまった後で自分の言葉の棘に気付いたが、もう取り返せない。明時はわずかに目を見張ったが、すぐに冷静な表情に戻り凍月を見据えた。

「……妹のことを忘れてはいないさ。お前と旅を始めたときから、最も優先すべきは彼女の救出だ。だからこそ、焦る気持ちは分かるが安全な道で行くべきだ」

明時は諭すような口調で言う。美しい東雲色の瞳に捉えられ、凍月は少し胸が詰まる。

「……そうだね、明時。焦っちゃよくない。天人たちに見つからないような道で不死山を目指そう」

凍月はそう言って自身の横に座っている銀花に目を向ける。微睡《まどろ》んでいる銀花の頭を優しく撫でると、銀花はわずかに頭を上げ薄目で凍月を見た。

「夏陽国の北に、紫雲山《しうんざん》っていう高い山があるんだ。険しい山だけど、銀花がいればなんとか越えられると思う」

凍月は銀花を撫でながら静かに言う。凍月自身、明時の言っていることは理解していた。焦燥感は消えないが、そんなときこそ遠回りでも確実な道を取った方がいいことは分かる。

「そうか。頼むぞ銀花」

明時も銀花を撫でようとすると、銀花は急に目を見開き明時の手を噛もうとし、「うわっ！」と明時は手を引っ込めた。「お前は一体いつになったら私に慣れてくれるんだ……」と明時はぼやき、凍月は思わず笑みをこぼしてしまう。

「頼むぞ、銀花。真冬を助けに行こう」

凍月は自分に言い聞かせるように言い、再度銀花の頭を撫でた。

　不死山は地上にあるにも拘わらず天上が管理している山で、四方を冬月国、春朝国、夏陽国、秋昏国に囲まれており、アマツクニの中心に位置している。不死湖《ふじこ》と呼ばれる巨大な湖の真ん中に存在しているため、不死山に行くには湖にかかる不死橋《ふじばし》という巨大な一本の橋を渡るしか手段がない。

　天人からの追跡を逃れながら夏陽国を縦断し、紫雲山を越え、ようやく不死橋の手前まで辿り着いたのは四月二十七日の昼過ぎだった。果ての見えない湖と、その先にそびえる山を見上げて凍月は途方もない気持ちになる。あまりにも大きな山で、てっぺんが雲に隠れて見えなくなっている。頂上に行けば天上への道が開かれると聞くが、果たしてあと二日で頂上までたどりつくことができるのだろうかと不安が募っていった。

　悩んでいる暇なんてない。進むしかないんだ。

　凍月は自分に言い聞かせ、不安を振り払って銀花から下りた。凍月に続いて明時も銀花から下りる。

「ありがとう、銀花。お前のおかげでここまで来られた。これが最後の大勝負だ。頼んだぞ」

　凍月が銀花を抱きしめると、銀花は目を細め優しく鳴いた。

「さぁ、行こう凍月。なにも恐れることはない。予定通り堂々としていればいいんだ」

「そうだね。なんとしても山の中に入ろう」

　二人は頷き合い、銀花を連れて大橋へと歩いて行った。大橋の前に巨大な門があり、槍を構えた体格のいい二人の門番は凍月たちに気付くと、威嚇するように睨みつけてきた。

「何者だ。ここから先は許可された者以外通れないぞ」

門番の一人が威圧感のある声で凍月たちに言う。

「許可も何も、俺たちは天上に献上する四季鹿を連れて来ただけです。天上から連絡が来ていないのですか？」

凍月は冷静に予定通りの言葉を返した。凍月たちが不死山に入る計画は、銀花が天上へ献上する鹿だと嘘をつき山へと入ることだった。ほぼ大博打《おおばくち》を打つような賭けだ。もし門番に夏陽国での明時や凍月の情報が流れていたら、雪鹿を見ただけで疑われるかもしれない。しかし、不死山は他国から孤立した山で滅多に人が訪れないため、各国の情報がすぐに入るような場所ではない。天人たちも天上から逃げている明時が、まさか天上に最も近い不死山に向かうとは考えず、他の場所に注意を払い不死山を警戒していない可能性がある。そんなわずかな可能性にかけた博打だった。

凍月は背中に冷や汗を伝わせながら、毅然とした態度で門番を見据える。門番は眉を上げて口を開いた。

「四季鹿だと？　今年の品評会で選ばれた鹿は花鹿と彩鹿それぞれ一匹ずつだと聞いている。その二匹は二日前に来て天上へと運ばれて行ったぞ」

やはり品評会で選ばれた四季鹿は、すでにこの門を通ったあとだったのかと凍月は思う。全国の鹿師たちが一堂に会して行われる四季鹿の品評会は四月の中旬に行われ、今年は秋昏国での開催だったはずだ。品評会で選ばれた天上に献上される鹿が門を通るのはちょうど今頃だろうと考えていたが、その凍月の予測は当たっていたようだった。どうやら自分たちが天上から逃げた神とその仲間だとはばれていないようで、凍月はひとまず胸を撫で下ろす。

「なら、伝達がうまくいっていなかったのだろう。今年は雪鹿も一匹選ばれている。気性の荒いやつでな、他の鹿と一緒に運ぶと何が気に食わないのか暴れ出すから、こいつだけ後から運ぶことになったんだ」

明時が言えば、門番たちは顔を見合わせ小声で何かを相談し始めた。

「……あとから雪鹿が来るとは聞いていない。何かの間違いではないのか？」

「間違えたのはお前たちの方だろう。この雪鹿が証拠だ。これほど美しく立派な角を持つ鹿を、お前たちは今まで見たことがあるのか？」

明時は毅然とした態度で言い、その様子に門番たちも悩み始める。明時の声には妙な説得力があり、堂々としているものだからその言葉が嘘かどうか判断しかねているのだろう。しかも明時の見た目の美しさも相まって、さらに説得力が増しているようにも感じる。

銀花の角は凍月から見ても立派なものであるし、銀花自体非常に脚が強い優れた鹿だ。冷艶清美とした氷のような角の中に、いくつもの六花模様が浮かんでいる銀花の角を見て、門番たちはしばし頭を悩ませる。

「よいのか？　ここで私たちを追い返したとて、天上よりお叱りを受けるのはお前たちのほうだぞ」

明時が清冽な声で更に言うと、門番たちは何か相談したあと静かに門を開いた。

やった、と凍月は心の中でつぶやくが、門番たちは渋い顔で凍月に近づいてくる。

「ここから先、雪鹿は俺が連れて行く。手綱を渡せ」

「え」

予想していなかった言葉に凍月は一瞬体が固まる。銀花だけが連れていかれてしまうということか。ここで銀花を渡すわけにはいかないと思うが、門番が眉根を寄せ「どうした？　なぜ渡せないのだ」と強い口調で言ってくるので、凍月は手綱を渡すしかない。

しかし、凍月が手綱を門番に渡した瞬間、銀花は勢いよく暴れ出した。

「ど、どうしたんだいきなり……！　うわっ!!」

銀花に振り回された門番は勢いよく尻もちをつき、もう一人の門番が「だ、大丈夫か!?」と慌てて駆け寄ってきた。凍月が銀花をなだめるように撫でると、銀花はすぐに落ち着きを取り戻す。

「さっきも言っただろう。こいつは気性が荒くてな、自分の気に入らない人間に触れられることを何よりも嫌うんだ。天上まで私たちが連れて行こう。お前たちのような鹿の扱いがなっちゃいない者に無理矢理連れて行かれて、大事な雪鹿を傷つけられては大変だからな」

明時はくつくつと笑いながら門番たちに言う。門番は背中をさすりながら立ち上がり、顔をしかめながら「分かった」と絞り出すように言った。

門には門番が一人残り、凍月たち三人は銀花を連れて門をくぐり大橋へと進んでいく。

「ありがとう銀花」と凍月は手綱を引きながら小さな声でささやけば、銀花は自慢げに鼻を鳴らした。

不死橋は非常に長く大きな橋で、山に着くまでにも時間がかかりそうだった。湖は海とはまた違った色と匂いをしている。橋以外から山への侵入を防ぐため湖にはあやかしの類が解き放たれており、時折水面が大きくうねったり底の方から暗く響く声が聞こえてきたりする。

こんな状況じゃなければもっと風景を楽しめるのになと凍月は思いながらも、張り詰めた空気の中歩き続けた。

一刻半ほど歩いてようやく山の入り口へと辿り着いた。陽はすでに傾いており、夕焼け色に輝く不死山は遠くで見る以上に神秘的だった。入り口には大きな鳥居があり、そこからしか不死山に入ることができない。

ここまで来ればあとは登るだけだ。ようやく真冬の元へ行ける。

凍月は手綱を握る手に力を込め、震える胸を落ち着かせながら鳥居をくぐる。

山に入った瞬間、空気が変わったようだった。何か得体の知れない膜に体を覆われているような感覚があり、前も同じような感覚を味わったことを思い出す。

春朝国で九頭龍の結界内に入ったときと同じ感覚だ。

結界に入ったため、もう鳥居以外からは出ることができないのだと凍月は肌で感じ取った。

「ここから頂上を目指すが、時間が時間だけに今日中には登りきれない。三合目に警備隊用の小屋があるから、そこで一晩過ごして明日早朝から登山を再開する。そうすれば明日の昼過ぎには頂上に着くだろう。頂上には迎えの車が待っているはずだ。車に乗れば天上には一刻ほどで着く。慣れない者にはきつい道のりとなるぞ。引き返すなら今のうちだ」

門番は凍月たちを振り返り冷ややかに言う。「大丈夫、登山は慣れてる」と明時が返すと、門番は「そうか」と短く言い歩みを再開する。明日には無事に登り切れますようにと凍月は祈りながら門番のあとを追う。

山道をしばらく歩くと、上から何人もの男たちが下りてきて凍月たちは立ち止まる。

「……ん？　なんでお前がここにいるんだ？　お前は今日は門番だったはずだが……」

先頭にいた男が凍月たちに気付き尋ねてくる。

「そうなんだが、天上に献上する鹿がもう一匹いたらしいから、そいつを連れて行くところなんだ」

「何を言っているんだ？　鹿は花鹿と彩鹿の二匹だけだったろう。追加の鹿なんて聞いてないぞ。それにもう天浮橋《あまのうきばし》は消えたぞ」

「え、じゃぁなんで……」

門番は困惑した顔で凍月たちを振り向く。凍月は緊張しながら明時の方を見、明時も険しい顔をしながら凍月を見返した。

「それよりも、例の邪神がまだ見つかってないから、俺たちも警備を強化しろって通達が来たぞ。もしかしたらもう夏陽国を出て、不死山に向かっているかもしれないってな。なんでも邪神には雪髪の仲間がいて、雪鹿を連れているらしいが……」

男は言葉を途切れさせ、門番の後ろにいた凍月たちを見て目を見開く。男が何か言う前に、凍月と明時は銀花に乗ってすぐさま駆け出した。銀花は凍月の合図に合わせて跳び上がり、男たちの頭上を軽やかに跳んで抜き去っていく。

男たちは唖然としていたが、すぐに大声を上げ凍月たちを追い始める。

「やっぱりばれたね……」

凍月は歯痒い思いでつぶやく。「山に入れただけで上出来だ。あとは頂上を目指すだけだ」と明時はまっすぐに前だけを見据えて言った。

森の中には動物や妖怪がいる気配はなく、凍月はある程度銀花を走らせると銀花から下り森の中に身を潜めた。周囲からは山を警備する男たちの声が至る所から聞こえてきて、松明のほのかな明かりがかすかに見える。

「これからどうする？」

「……進むしかない。私たちが不死山にいることがばれれば、捕まえようと多くの天人たちが押し寄せ逃げることが難しくなる。頂上に向かうなら早い方がいいだろう」

「そうだね……。銀花、もうひと踏ん張りだ。頂上まで俺たちを乗せていってくれないか？」

凍月が銀花に言えば、銀花は当然だとでも言うように脚で地面を強く鳴らした。凍月は「ありがとう」と銀花を優しく撫でる。

辺りに男たちがいなくなった瞬間を見計らい、凍月たちは銀花に乗って走り出した。すでに日が暮れ辺りは暗く、凍月が手に持った宝玉の光を頼りに先に進んで行く。時折男たちに見つかったが、ひたすらに銀花を走らせ逃げ切った。追い詰められそうになっても、銀花は崖を軽快に上って男たちを置き去っていく。

今どれくらい走ったのだろう。どれだけ走れば頂上につくのだろう。

先の見えない不安が胸を襲うが、ひた走っている銀花と、曇りのない瞳で前だけを見据えている明時を信じて凍月は強く手綱を握った。

登るにつれてだんだんと息苦しくなっているような気がする。たしか、高い山に急いで登ると呼吸が苦しくなり、酷い場合は倒れてしまうことがあるため、急いではいけないと聞いたことがあるが、この状況で気にしてはいられない。

たとえ倒れてでも先に進まなければならないのだ。

次第に銀花の速度が落ちて呼吸も荒くなってきたことに気付き、凍月は一旦銀花を止めた。明らかに銀花は消耗している。無理もない、夏陽校を出てから二人を乗せて走り続け、今も休むことなく不死山を登ってくれているのだ。

いくら脚の強い雪鹿といえども、さすがにこれ以上は厳しそうだ。

「……銀花はもう限界か」

「うん……。銀花、ここまで本当にありがとう。お前だけならここから逃げられるだろう。あとは俺たちに任せてくれ」

凍月は銀花を優しく抱きしめるが、銀花は振り払うように体を動かした。そして凍月の背を角で何度も押す。

「……主であるお前を置いてはいけないと言っているようだぞ」

明時は眉を下げながら凍月と銀花のやり取りを見る。

「痛いって銀花。でも、このまま進んだらお前の体が壊れちゃうだろ」

凍月は銀花を制しながら言うが、銀花は決して凍月から離れようとしない。凍月だってこんなところに大切な銀花を置いて行きたくはなかった。どうすべきか悩んでいると、左手に持っていた宝玉が突如輝き出した。

光は二人と銀花を包み込み、凍月は息苦しさが緩和されたような感覚がする。

そして銀花も見るからに元気になり、脚で地面を強く鳴らした。

「凍月の宝玉は傷だけでなく疲れも癒すようだな」

明時は凍月に向かって微笑みかける。「うん、これなら大丈夫そうだ。銀花、走れるか？」と凍月が問いかけると、銀花は当然だとでも言うように鳴いて返事をした。

銀花は二人を乗せると最高速度で走り出す。宝玉の光はずっと凍月たちを包み込み、銀花は疲れを知らない様子で駆け抜けている。

警備の男たちに出会っても、他を寄せ付けぬ速さで男たちを抜き去り、銀花はひたすらに頂上を目指していった。

鳥居から三刻は経っただろう頃、次第に周りの木の背が小さくなり、雲が地を這うようになってきた。だいぶ頂上に近付いてきたことが分かる。いまだ体を包む宝玉の光を頼りに進んでいくと、霞む道の先についに頂上が見えた。いつの間にか周りに草木はなくなり、道には岩石ばかりになる。険しい山道も銀花は止まることなく進んでいった。

ようやく頂上にたどり着き、凍月と明時は銀花から下りた。薄暗闇の中周囲を見渡すが、天上へ行くために通るという天浮橋はどこにも見えない。

「……天上には不死山の頂上にある天浮橋を通れば行けるはずなのに……」

凍月は困惑しながら辺りを探す。橋どころか、岩石以外見当たらない。

「……先ほど警備の男たちは橋はもう消えたと言っていたな。もしかしたら、橋を出すためになにか条件があるんじゃ……」

「その通りだ。お前たちは天上には行けない」

突然の声に二人が振り向くと、いつの間にか十数人の警備の男たちがすぐそこまで迫ってきていた。先頭にいる男が嘲笑うように凍月たちを見る。

「ここまでご苦労だったな邪神殿。鹿を連れて行く車はすでに天上へ向かったし、そのために出した天浮橋はもう消えたよ。天浮橋は季節神たちが持つ神器がなければ出現しないんだ。邪神であるあんたにそんな真似はできないだろう。大人しく捕まってもらおうか」

男たちは槍を構えて凍月たちに近付いてくるが、明時はにやりと笑って腰に携えた刀の鞘に手を触れた。

「ありがとう、天浮橋を出す方法が聞けてよかった」

礼を言ったあと明時はすぐさま抜刀し、朔月刀を空へと掲げた。すると黒い刀身が輝き出し、一瞬のうちに切っ先から光が空に向かって伸びた。明時が立っていた地面も光り出し、地面から大きく真っ白な光の帯が出現し、らせん状に天上へと伸びていく。

これが天浮橋だと理解した瞬間、凍月は銀花に乗りその後すぐに明時も銀花へと乗った。凍月が手綱を握ると、銀花は橋へと迷わずに進みどんどん上へと駆け抜けていく。光の橋は銀花が踏んだ箇所から消えていき、地上には唖然とした表情で凍月たちを見上げる男たちだけが残された。

「やったぞ、このまま進んだら天上へと着くはずだ！」

「でも、この橋の先端がまったく見えないよ。宝玉の力を使って銀花が休まず走っても、一体いつ天上に着くんだろう……」

「今更悩んでも仕方ない、進むしかないんだ！」

明時の真っすぐな声に、「そうだね」と凍月は強く頷く。

待ってろ真冬、もうすぐたどり着くぞと凍月は心の中でつぶやいた。

「すごいぞ銀花！　真っ白な光に包まれて天浮橋を渡るなんて、本当に神鹿のようだぞ！」

と明時は声を上げる。

「明時を乗せてるんだから、本当に神鹿なんじゃないの？」と凍月が返せば、明時はぽかんとした表情のあと「確かに！　お前はもう立派な神鹿だったな！」と弾けるように笑った。

宝玉の光に包まれた凍月たちは、ただひたすらに天浮橋を駆け抜けていった。

四章　十三月の明時神

四月二十九日の正午、季節は春から夏に移り変わろうとしており、天上にある四季の神殿では季節の移り変わりを執り行う『移季ノ儀』が行われようとしていた。

通常ならば地上の季節が無事に移ろっているのを祝う儀式でもあるのだが、今回の儀式は普段と違っていた。

十二月の神である終ノ神が、明時の神伴を処刑すると明言したからだ。

四季の神殿には季節神である十二の神々とその神伴が揃っており、終ノ神によって神殿の中央に連れて来られた真冬に注目が集まっていた。

真冬は終ノ神に言われるがまま大人しく神殿の中央に正座している。逃げる気配はなく、覚悟を決めた表情をしている。神々は特に何を言うでもなく、成り行きを静かに見守っていた。

「異端の神である明時が地上へ逃げたままだと言うことは皆も知っているだろう」

そう言って終ノ神は神殿の祭壇に飾られた刀を手に取り、神々は息を呑む。

「これは神伴に神を殺す力を、神には神伴を殺す力を与える神器『御魂斬』だ。もし神伴が自身の神が道を踏み外していても何もしなかった場合、他の神がこの刀を使い神伴を殺すことができる。異端の神である明時が逃げおおせている今、私がこの手で神伴を殺し地上に災厄が起こるのを防ごう」

終ノ神は真冬の首元に刃先を向け、真冬はわずかに体を震わせた。

「ちょっと待てよ、終」

雷鳴ノ神は終ノ神に近づき険しい表情で言う。

「その子は明時の神伴だろう？　明時が不在の中、こんなことをして許されると思っているのか？」

「その明時が地上に逃げ、今もなお捕まっていないのだ。どうせあいつはこのまま逃げ続けるつもりだ。あいつがいないからといって、このまま問題を長引かせるわけにはいかない。確実にあいつを殺すには、この神伴を処刑するしかないのだ。……それともなにか？お前が明時を匿い、処刑を遅らせようとしているのか？」

終ノ神は漆黒の瞳で鋭く雷鳴ノ神を睨みつける。雷鳴ノ神は黙ったまま、終ノ神にも負けぬ強い眼差しで睨み返した。

「……終様、私も処刑に反対です。明時様が居ない中、我々で勝手に明時様の神伴を処刑していいとは思えません……」

終ノ神の後ろに控えていた六花がおずおずと進言すると、終ノ神は視線を六花に移した。

「黙れ六花。このまま問題を先延ばしにしていれば、地上の気候が荒れ狂うかもしれないのだぞ。ようやく明時の神伴を捕らえた今、すぐにでも処刑を実行しなければならないのだ」

「し、しかし、まだ明時様が邪神だと決まったわけではありません……」

「かつて十三月の神が現れた時、地上の気候が荒れ狂ったという証拠が文献で残っている。それだけで充分だろう」

有無を言わせぬ迫力で言う終ノ神に、六花は何も言い返せぬ様子で押し黙った。

「……もしこの娘が神伴でなかったらどうするつもりだ。普通の人間が神器で斬られればひとたまりもあるまい」

雷鳴ノ神が低い声で問いかけると、終ノ神は冷たく微笑んだ。

「戯言を……。もしこの者が神伴でなかったら、我々を欺き侮辱した罪で死んでもらうさ」

冷え切った終ノ神の言葉に真冬はまた体を震わせ、雷鳴ノ神は眉根を寄せた。

「戯言を言っているのはお前だ、終。その子を処刑してしまえば、お前は堕ちるところまで堕ちてしまうぞ」

「何を言う。お前はこのまま地上に暮らす民が災厄に巻き込まれてもいいと申すのか」

「そんなことは言っていないだろう。もし明時が本当に季節神だったら、明時が死ぬことで確実に地上の気候は荒れ狂うぞ」

「そんな証拠がどこにあるというのだ。あいつが誕生して今までの間に、あいつが必要だったことがあるか？　あいつは本来必要なく、誕生してはいけない神だったのだ」

終ノ神と雷鳴ノ神は緊迫した様子で言い合い、それぞれの神伴である蛍と六花は不安そうな顔をしながら見守っていた。

「邪神かどうかは、この神伴を殺せばすぐに分かる。今、私がこの手を汚してでも災いを止めねばならんのだ」

終ノ神は苛立った口調で刀を構えた。

真冬はわずかに潤んだ瞳を強く閉じ、雷鳴ノ神は自身の神器である短槍を構え、終ノ神を止めに入ろうとした。

その時だった。

四季の神殿の入り口が急に騒がしくなり、入り口を見張っていた天人たちの「な、なんだお前たちは!?」「止まれ！　下りろ！」「き、奇襲だ、であえ!!」と叫ぶ声が響いてくる。

終ノ神と雷鳴ノ神は動きを止め、他の神々も入り口に視線を向けた。

そして大きな音とともに入り口の扉が壊れ、「おりゃぁぁ!!」という咆哮とともに銀花に乗った凍月と明時が現れた。銀花がそのまま突っ走り、神殿の真ん中へと進んでいく。

「明時!!」と終ノ神と雷鳴ノ神は叫び、「兄ちゃん!!」と真冬は涙を一筋流しながら立ち上がった。

「真冬!!」

凍月は真冬を見つけると、銀花から下り真冬に駆け寄っていく。しかし、終ノ神に切っ先を向けられ立ち止まらざるをえない。

「何者だお前は」

終ノ神は威圧的に凍月を見つめる。

凍月は、一目見ただけで目の前の男が終ノ神であることに気づいた。すると腹の奥底から怒りが湧き上がり、凍月は憎しみの籠もった瞳で終ノ神を睨みつける。

「お前が終ノ神か!!」

凍月が怒りのままに言葉を吐くと、明らかに終ノ神は動揺した。

「よくも真冬をこんな目に遭わせたな!!　俺が本物の明時の神伴だ!!」

凍月は懐から宝玉を取り出し掲げる。真っ白に輝く宝玉に、周りの神々も戸惑うような声を上げ、終ノ神は怒りをあらわにする。

「お前が本物の神伴だと？　我々を欺いていたということか。これは季節神に対する侮辱だぞ」

「欺くだって？　お前らが勝手に勘違いして真冬を連れていったんだろうが!!　責任転嫁するな馬鹿野郎!!」

終ノ神よりも大きな声で凍月が反論すると、終ノ神の瞳が明らかに狼狽えたように揺らぎ、周りからのどよめきも大きくなる。

「い、凍月さん。神に対してそんな口のききかたはいけませんよ……」

雷鳴ノ神の横に控えた蛍は青ざめた顔で凍月に言うが、「それがどうした！」と凍月は怒声を上げる。「これくらいじゃないと終を説得できんさ」と雷鳴ノ神はおかしそうに笑った。

「どうだ、私の神伴は勇ましいだろう」

明時は凍月の横に立ち終ノ神に向かって笑いかける。「厚顔無恥な様がお前にそっくりだな……」と終ノ神は忌々しそうに顔を歪めた。

「どうやってここまで来たんだ」

「不死山を登って、頂上で神器をかざし出現した天浮橋を渡ってきたんだ。苦労したよ」

明時は朔月刀を抜き終ノ神に見せつける。終ノ神は明時を睨みつけると手に持った御魂斬を明時に向けた。

「……その男が本物の神件だったとして、お前が異端の神であることには変わりない。今すぐその無礼な神件を処刑してやる」

「待ってくれ終ノ神。ちゃんと私が邪神でないという証拠を持ってきた」

明時が冷静に言うと、荷物の中から持ってきた資料を終ノ神に見せる。

「……その古びた巻物がなんだというのだ？」

「これは今から約千年前の地上の気候が事細かに記された資料だ。夏陽校の地下に埋まっていたものでな、優秀な学生が解読してくれた。これによると千年前には確かに十二の月の他に十三月があった年があった」

「……知っている。かつて十三月の神が存在した年に、地上の気候が荒れ狂ったという話だろう。冬宮の書物庫にあった文献にもそう記してあるものがあった」

終ノ神は強い瞳で明時を見据えるが、「最後まで聞いてくれ」と明時は冷静に返す。

「この書物によると、十三月のあった年に気候が荒れたという事実はない。地上の民は初めての十三月に戸惑っていたものの、皆平和に暮らしていた」

「……なに？」

「いいか、我々は月の満ち欠けを一ヶ月とし、それを十二回繰り返すことで一年としているが、それだと月と季節が少しずつずれていくんだ。そのずれは千年かけて約一ヶ月だ。現に、この巻物にも十三月の前までは季節は現在と同じだが、十三月のあった次の年からは現在から季節が一ヶ月遅れているんだ」

終ノ神は黙って話に聞き入り、明時はさらに話を続ける。

「お前が言っている気候が荒れ狂った時期は、そのあとの年からだ。確かに十三月が終わったあとも十三月の神が存在していただろうが、十三月の神が原因で気候が狂ったわけじゃない」

「なんだと……？　ではなぜ地上の気候が荒れくるったというのだ」

「気付かないか、終。千年前天上で何があったかを。何回かお前にも話しただろう」

重みのある雷鳴ノ神の声に、終ノ神ははっとしたように目をわずかに見開いた。

「……四季神の怒りか」

「そうだ。約千年前、好き勝手していた季節神たちに怒り、四季神は季節神たちを皆殺しにし、新たに誕生させた。その際に地上の気候が荒れ狂っていたとしてもおかしくはない。お前が冬宮の書物庫で見つけた文献はその時のことを記したものだったのだろう」

明時が説明を終えると、「確かに、私が見つけた文献は損傷がひどく読めない箇所があり、いつの時代のものかは分からなかった」と終ノ神は静かに言った。

説得できただろうかと凍月は緊張しながらその場を見つめるが、いまだ終ノ神は険しい眼差しで明時を見つめている。

「……だからといって、その文献が正しいかどうかは分からぬ。千年以上も前の、地上で見つかった書物など信用できるか。お前が助かりたいがための狂言である可能性もあるだろう」

「あーもう！　本当に融通のきかんやつだなお前は!!」

雷鳴ノ神は苛立った様子で短槍を構え直す。

「そんなことを言い出したら、お前が読んだ書物も信用できないことになるぞ！　せめて明時の持ってきた資料を読んでから言え！」

「そうだぞ終ノ神。私の言い分をすべて信用しろとは言わないが、自分の考えが間違っていたのではないかと疑問を持つことも大事だぞ」

明時も雷鳴ノ神に続けて言うと、「黙れ、お前に叱責される筋合いはない！」と終ノ神は声を張り上げた。終ノ神は御魂斬を祭壇へ戻すと、自身の腰に携えた刀を抜き構える。

まるで氷のように透明で美しい刀身を持った刀であり、凍月は思わず見入ってしまう。

「お前と話すことなどない。今ここでお前を捕らえ、その神伴の頸を斬ってくれよう」

終ノ神は冷淡に言い、明時は「下がれ凍月!!」と前に出て刀を構え終ノ神と向かい合う。

踏み込みは終ノ神の方が早かった。

あっという間に間合いをつめた終ノ神は明時の頸を狙い斬りかかり、明時はとっさに受ける。緊迫した鍔迫り合いのあと、終ノ神は明時を押し間合いをとった。体格は終ノ神の方が勝っているが、剣の腕は明時も負けてはいない。

「どうした終ノ神。私はもうお前に捕らえられているだけの神ではないぞ」

明時は余裕ぶった笑みを浮かべ、終ノ神は「邪神の分際で……」とさらに明時を睨みつけた。その後も激しい攻防が続き、凍月は見守ることしかできない。終ノ神が刀を振るうたび冷気が辺りを包むようで、これが終ノ神の神器の力なのだろうかと凍月は思う。

「よせよ、終！　神同士の争いほど不毛なことはないぞ！　いい加減頭を冷やせ！」と雷鳴ノ神はがなるが、終ノ神は止まる様子など微塵もなかった。

他の神々もどよめき、終ノ神にやめるよう呼びかけるが、激しく斬り合いを続ける二人に近づくことができないでいるようだった。

ついに明時は終ノ神の攻撃を受け損じ体勢を崩し、その隙を見逃さず終ノ神は即座に明時の喉元に刃先を向ける。明時は動くことができない様子で終ノ神を睨みつけた。

「さぁ、大人しく捕まってもらおう」

終ノ神が刀を持つ手に力を込めたのを見て、「やめろ!!」と凍月は咄嗟に明時と終ノ神の間に割って入った。

「……なんのつもりだ」

「相棒がやられそうになってるのに、黙って見ているわけにはいかないだろ」

終ノ神は氷のように冷たい瞳で凍月を射貫くが、凍月は物怖じすることなく終ノ神を睨み返した。不思議と恐怖は一切感じず、体の奥底から湧き上がる怒りだけが凍月の原動力となっていた。

「下がれ凍月。お前が捕まり、御魂斬で殺されてしまったらそれこそ終わりだ。私まで死んで終わる。お前だけでも先に逃げろ。あとは私がどうにかする」

「馬鹿なこと言うなよ。俺を守ろうとするなって言ったろ。一緒に戦うさ」

凍月は固い決意を持って終ノ神の刀身を握り、力を込めて切っ先を明時からずらした。手から辺りからは短い悲鳴が上がり、真冬は「兄ちゃん!!」と張り裂けそうな声で叫んだ。手からは血が流れ出し薄氷のような刀身を穢したが、どれだけ痛もうと凍月は刀を離す気はなかった。

終ノ神はまさか刀身を素手で握られると思っていなかったのか、目を見開き動揺した表情を見せたが、すぐに冷静な顔に戻る。

「ちょうどいい、神伴ともども今この場で殺してやる」

終ノ神は力を込め凍月の手を刀から振り払おうとする。激しい痛みがくることを予想して凍月は身構えたが、その瞬間は来なかった。

「おやめください終様!!」

終ノ神を呼ぶ声が聞こえたかと思うと、間を置かず苦しそうなうめき声が聞こえ、その後すぐに神殿内に悲鳴が響き渡った。

終ノ神は声の方向を振り向くと、すぐさま血相を変える。

「六花!!」

終ノ神は叫ぶと刀を放り出し六花のもとへと駆け寄っていく。状況が呑み込めない凍月は六花の姿を見て絶句する。

彼女の手には御魂斬が握られており、自らの腹を深く刺していたのだ。六花は血を吐きながらも震える手で御魂斬を持ち直し、さらに深く腹を斬ろうとする。しかし終ノ神に止められ、彼の腕の中に力なく倒れ込んだ。

「六花！　なぜこんな真似を……」

「……終様、明時様は邪神ではありません。あなたと同じ季節神です……。明時様を殺せば、いずれ地上の気候は荒れ狂い、多くの民が命を落とすことになります……」

六花は虚ろな瞳を終ノ神に向け、かすれた声でぽつりぽつりと言葉を継ぐ。

「私は分かっております……。あなた様は本心から地上の民を心配し、災害が起きないよう尽力されておりました。とてもお優しいお方です。しかし、今回ばかりは終様の意思には沿えません。どうか愚かな私をお許しください……」

六花は吐血しながら言い切り、震える右手でそっと終ノ神の頰を撫で儚く微笑んだ。そして目を閉じぴくりとも動かなくなる。「六花!!」と終ノ神は名を呼ぶが返事はない。

「なぜこんな真似をしたのだ……!!　この刀で直接私を刺せばよかったものを……!!」

「そんなことも分からないのか!?」

明時とともに終ノ神のそばまで来た凍月は、唖然とした表情で声を上げる。

「お前のことが大切だったんだよ！　この人はお前の神伴なんだろ？　お前がだめな道に進んでいると分かっていたけど、大切な人を刺し殺すなんてできなかったから、自刃してでもお前を止めようとしたんじゃないか!!」

凍月は呆然としている終ノ神に向かって怒鳴り、「どいて!!」と終ノ神を六花から離そうとする。

「六花に何をするつもりだ！」

「助けるんだよ!!」

凍月はまた大声を出して終ノ神を黙らせ、宝玉を六花の腹部にあてた。頼む、間に合ってくれと強く念じると、すぐに柔らかな光が六花を包みこんだ。

「安心しろ、終ノ神。凍月は傷を癒やし、妖気を滅する力を持っている。六花も助かるはずだ」

明時は終ノ神に向かって声をかける。

「傷を癒やすだと……？　このまま六花が死ねばじきに私も死ぬ。なのになぜ助けようとするのだ。私はお前たちを殺そうとしたのだぞ」

終ノ神は六花を見ながら静かに問いかける。

「……あなたはそんなに悪い神じゃないんだろう」

凍月は宝玉に意識を集中させながらつぶやく。

「誰にだって間違いはあるさ。彼女も言っていた通り、あなたは真面目に責務を果たそうとしていたんだろ？　確かにあなたのことは憎いけど、殺すほどじゃないよ」

「凍月の言う通りだ、何も私たちはお前を殺したくてここまで来たわけじゃない。私が邪神じゃないと証明したかっただけだ。それにお前が死んでしまったら、民に迷惑をかけるしな」

明時はそう言うが、終ノ神は無表情のまま何も返さなかった。

「どうだ、終。この二人が本当に邪神とその神伴に見えるか？」

雷鳴ノ神は終ノ神に近づき尋ねる。終ノ神は必死に六花を蘇生させようとしている凍月と明時を見ながら、「いや……」と小さな声でつぶやいた。

六花の傷はみるみるうちに治っていき、小半刻もすれば傷は完全にふさがった。六花は目を閉じたままだったが、静かに呼吸をする音が聞こえ、「よし、生きてる‼」と凍月は汗を拭って声を上げた。

周りからも歓喜が上がり、「やったな！」と明時は凍月の肩を叩いた。

「……礼を言う、明時に凍月」

あまりにも穏やかな声を終ノ神が出すものだから凍月は驚いてしまう。終ノ神は先程の殺気立った気配は微塵もなく、ただ静かにそこに立っていた。

「無礼を詫びさせてくれ……。お前たちの持ってきた資料を見せてくれないか？」

終ノ神の言葉に凍月と明時は顔を見合わせたが、明時は素直に資料を終ノ神に手渡した。

終ノ神は静かに資料に目を通し始め、皆緊張した面持ちで終ノ神を見守った。しばらく終ノ神が巻物を読む音だけが響いていたが、やがて顔を上げ柔和な眼差しで明時を見据えた。

「……確かに、十三月があった年に災害が起きたとは書かれていない。私の間違いであるようだ。この資料にある通り、明時は十三月を司る神であり、異端の神ではない。今この場で明時を正式に季節神として迎え入れたいのだが、どうだろうか」

終ノ神は周囲の神々に対し声をかける。真っ先に雷鳴ノ神が「異議なし」と言い、次々と他の神々も異議がない旨を声に出し始めた。

「では、皆の意見が一致したので明時を十三月の神である『明時神』として、凍月を明時神の神伴として正式に天上へ迎え入れよう」

終ノ神が厳かに言えば、周囲から拍手が湧き起こり、凍月と明時は顔を見合わせ目を輝かせた。

「やったぞ凍月！」と明時は嬉しさを隠せない様子で飛びついてきて、凍月は驚きつつ「うん！」と抱き返した。ここまでの長い道のりを思い出し、色々な感情が心の奥底から湧き上がってくる。やり遂げることができたのだと、燦然《さんぜん》とした喜びがあふれてやまなかった。

「兄ちゃん!!」と真冬が呼ぶ声にはっとして凍月は明時を離す。真冬が涙をにじませながらこちらに駆け寄って来て、「真冬！　無事で本当に良かった……!!」と凍月も真冬に近づきそのまま抱きしめた。

「ありがとうな真冬、俺のために神伴のふりをし続けてくれたんだろ?」

「うん、絶対に兄ちゃんが助けに来てくれるって信じてたから……」

真冬は涙目で凍月を見上げ、凍月も思わず涙が込み上げてくる。

一人天上に攫われ怖かったはずなのに、それでも自分のため天上から逃げなかった真冬の心境を思うと胸が苦しくなる。凍月は真冬を抱きしめる腕に力をこめ、「本当にありがとう」と感謝を込めて言葉を継いだ。

「本当によくやったぞ三人とも」

雷鳴ノ神は凍月たちに向かって声をかけ、「立派でしたよ」と蛍も微笑みかけた。

「真冬を保護していただいたと聞きました。本当にありがとうございます」

凍月は雷鳴ノ神に向かい合い深々と頭を下げ、「ここまで来ることができたのは二人のおかげだ。心から礼を言う」と明時も頭を下げた。「いや、全部あんたたちが頑張ったからさ。あたしたちは少し力をかしただけだよ」と雷鳴ノ神は笑う。

「真冬さんも助かり、明時様も神と認められて本当によかったです。これでもう逃げることなく天上で生活ができますよ」

「え、天上にいなきゃいけないの?」

蛍の言葉に凍月は思わず聞き返す。「はい、凍月さんも神伴ですので、神とともに天上で生活することになりますが……」と蛍は戸惑った様子で答えた。

なにせ凍月の最大の目的は無事に真冬を取り戻すことだったので、そこから先のことは全く考えていなかった。

「え、真冬と銀花と一緒に実家に戻りたいんだけど……」と凍月が言えば、皆困惑して顔を見合わせてしまった。


辺り一面が美しい銀世界だった。

幼い男子と女子が宮殿から飛び出し、新雪の上に足跡をつけて笑いあっている。

あぁ、これは幼い頃の私と終様だと六花は気づく。

死ぬ間際に遠い昔の夢を見ているのだろうかとぼんやりと考えた。

これは九歳くらいだっただろうかと、笑いあう二人を見ながら微笑ましく思う。

赤ん坊の頃神伴として天上に連れられ、終ノ神と一緒に育った。

自分は神伴で終ノ神の手足となり仕えるようにと天人たちには言われていたけれど、幼かった頃はその意味がよく理解できず、終ノ神は兄弟のようなものだと思っていた。

「神伴！　あれをやってくれ！」

「はい！」

終ノ神に言われ、幼い六花は素直に宝玉を取り出し掲げる。この頃まだ名前はなく、皆から「神伴」とだけ呼ばれていたなと六花は懐かしくなる。

六花の宝玉の力は、自在に雪を降らせることだった。

幼い頃は粉雪しか降らせられなかったものの、終ノ神が綺麗だと褒めてくれるのが嬉しくて、終ノ神が求めればいつでも粉雪を降らせていた。

空から降り出した粉雪を見て、終ノ神は目を輝かせ「綺麗だな」と笑う。その顔が六花はたまらなく好きだった。

「終様、御髪に雪がついています」

六花が終ノ神の髪を優しく払うと、「お前こそ」と終ノ神は笑って六花の髪を触った。

「お前の髪も雪のようで綺麗だな。肌も雪のようだし、まるで雪から生まれてきたみたいだ。冬ノ神の祝福を受けた証しだな。私の神伴がお前でよかった」

終ノ神の言葉は胸が跳ね上がるほど嬉しくて、六花は顔を赤らめて「ありがとうございます」とはにかんでうつむいてしまう。

「そうだ、神伴。雪に『六花』という別の名前があることを知っているか？」

「……りっかですか？」

「あぁ。六に花と書いて六花と読ませるんだ。雪の結晶はよく見ると六つの花弁がある花のような形をしているだろう？　だから雪を花に見立てて六花と呼ぶようになったらしい」

「へぇ……、美しい響きですね」

六花は終ノ神についた雪の結晶をじっと見ながら返した。終ノ神の髪は黒いため雪の結晶がよく見え、まるで雪の花を髪に飾っているようだった。

「……よし、決めた。お前の名前は『六花』だ」

「え、私の名前ですか？」

「あぁ、美しいお前によく似合うだろう」

そう言って終ノ神が純粋に笑うものだから、六花はさらに顔を赤くして「ありがとうございます」と言うのがやっとだった。

今思えば、この頃が一番幸せだったかもしれないと六花は感じる。

愛しい主から名前をつけてもらえたという温かな思い出であるはずなのに、六花の心は冷えていった。

終ノ神は真面目で、道を踏み外すことがないようにと過去の神々やアマツクニの歴史について勉強し、常に民のことを思って責務を果たしていた。

そんな終ノ神のことが大好きで、六花は自分も神伴として主を支え続けたいと思っていた。

終ノ神が狂い始めたのは、明時が誕生してからだ。

予期せぬ十三番目の神の誕生に終ノ神は悩み、過去の文献から十三番目の神が存在した年に地上の気候が荒れ狂ったことを突き止めた。

明時を邪神とみなし、捕らえ、明時を処刑することに尽力するようになった。

しかし、明時が邪神に見えなかった六花は終ノ神に考え直すよう進言したが、聞き入れてはもらえなかった。

本来ならば、もっと早く行動を起こすべきだったのだ。

しかし、真澄の瞳で終ノ神の心を覗いても、彼の心は昔と同じく純粋で真面目なままであり、いつかは考え直してくれるかもしれないと六花は自分に言い聞かせた。

それが今回の事態を招いてしまったのだ。

終様、愚かな神件で申し訳ありません。

ついにあなたを救うことができませんでした。

六花が暗然とした気持ちで懺悔していると、不意に意識が浮上し目が覚めた。

目の前に見慣れた顔があり、六花は揺らぐ視界でその顔を見つめる。

「六花！　よかった、意識が戻ったか」

終ノ神は心の底から安堵したような顔をして息を吐く。

だんだんと意識がはっきりとしてきた六花は、呆然としながら目だけで辺りを見渡した。

よく見ればここは終ノ神の部屋で、自分は布団に寝かせられている。終ノ神は布団の左横に座って自分を見ており、なんと左手を握られているではないか。

「しゅ、終様⁉　な、なぜ私はここに……、切腹したはずなのに……‼」

六花は慌てて上体を起こそうとするが、「無理をするな、まだ寝ていろ」と終ノ神に制され素直に従う。

「……明時の神件である凍月が、宝玉の力でお前を助けてくれたんだ。彼は傷を癒やし妖気を滅することができるらしくてな、お前を失わずにすんだよ」

終ノ神は優しく六花に微笑みかける。久しぶりに見た終ノ神の心からの笑顔に、六花は思わず赤面する。

「……彼が私を助けてくれたのですね」

「あぁ。私も彼らのおかげで目が覚めたよ。あのあと明時を正式に十三月の神として迎え入れることになった。移季ノ儀も無事に終わったよ」

「そうなのですね……よかった……」

すべてが丸く収まったと知り六花は胸を撫で下ろす。そして自分がとった行動を思い出し、心臓が急激に冷えていった。

「終様、誠に申し訳ありません。未遂であったとはいえ、あなたが道を踏み外しているとみなし、私はあなたを殺そうとしました。愚かな行為でした。どんな処罰でも受けます……」

「いや、お前は悪くない。私が明時たちを殺すという暴挙を止めるためだったのだろう。何も愚かではないさ。お前が私を止めてくれたおかげで、全てがうまくいったのだからな」

終ノ神は穏やかに言うと、六花の左手を両手で包み込んだ。突然のことに六花は息を詰めてしまう。

「愚かなのは私の方だ……。お前の声に耳をかしていれば、自分の過ちに気づけていただろう。同じ過ちはしないと誓う。どうか、この愚かな神を信じてついてきてはくれないだろうか」

美しい黒い瞳で見据えられ六花は動けなくなる。真澄の瞳のせいで、終ノ神が反省していること、言葉に嘘がないこと、そして心から六花のことを大事に想っていることが分かってしまう。

あふれんばかりの想いを受け止め、「何をおっしゃいますか」と六花はなんとか声を出した。気づけば涙がこぼれており、頬に一筋伝っていく。

「私はあなたの神伴でございます。あなたを信じ、どこまでもついて行きましょう」

六花は本心から言うと、上体を起こし終ノ神の手を右手で優しく包みこんだ。


春から夏への移季ノ儀は無事に終わり、地上には夏が訪れた。

明時は正式に神と認められ冬宮で暮らすことになったのであるが、神伴である凍月も冬宮で暮らすことになってしまった。真冬は専用の牛車で地上に帰してもらうことができるが、もう少し兄との時間が欲しいと言い張り、五月三日になった今も凍月とともに冬宮で暮らしている。

凍月はなんとか宮殿にいる天人たちの目を盗み地上へと帰ろうとしたが、いかんせん天人たちの監視が厳しく宮殿の外に出ることもままならない。なにせ急に現れた十三月の神とずっと地上で暮らしてきた神伴であるからか、天人たちもどのような扱いをすればよいか分からず戸惑っているようだった。

天浮橋も明時の神器があれば出せるのだが、すぐに天人たちにばれてしまうため使えない。真冬と一緒に牛車に乗って帰ろうとしても、神伴が天上を離れるとは何事かと天人たちに止められてしまう。

ならばどうすればいいか明時と話し合った結果、誰も考えもしない方法で地上に降りようということになった。

「……で、明時の言う通りなんとか宮殿を抜け出してここまで来たけど、ここからどうするつもり？」

凍月は目の前に広がる雲海と、その隙間から遥か下に見える地上を見下ろしながら問いかける。明時に案内されるまま天上の端まで来たものの、すでに嫌な予感しかしなかった。

「決まっているだろう。ここから飛び降りるんだ。私が地上へと逃げたときはちょうどここから落ちた。ここなら下は冬月国のはずだ」

「いや、無理だって！　俺たちなら死にはしないけど、真冬と銀花は即死だぞ」

凍月は呆れ顔で突っ込み、「兄ちゃん、私やっぱり牛車で普通に帰るね」と真冬は冷静に言い、銀花はゆっくりと後ずさっていく。

「そうだな……真冬と銀花は普通に帰ってもらおう。私たちはここから飛び降りるぞ」

「やっぱり飛び降りるしかないのか……。やだなぁ、絶対痛いよ」

「大丈夫だ、お前の宝玉があるから回復は早いはずだぞ」

「いや、それでも嫌なんだけど」

「おや、この気配はもしや明時と凍月か？」

聞き覚えのある声が頭上から聞こえて、二人は「え？」と空を見上げる。

すると上空から黒く大きな影がこちらに向かって迫ってきて、強風を巻き起こしながら凍月たちの前で止まった。風のせいで危うく地上へ落ちそうになった凍月は、心臓をバクバクいわせながら目の前の巨大な黒い物体を見る。

「もしかして、陸⁉」

凍月がかつて出会った龍の名を叫べば、目の前の黒龍は漆黒の目を細めて「やっぱりか。また会ったな」と穏やかに言った。

「え、に、兄ちゃんこの龍と知り合いなの⁉」

真冬は凍月の陰に隠れながら目を丸くする。「うん、春朝国から夏陽国に行くときに世話になったんだ」と凍月は懐かしさを感じながら返した。二度と会えないと思っていたのに、まさかこんなところで会えるなんて予想だにしていなかった。

「その様子だと無事に妹を助けられたようだな。よかったよ」

「ありがとう陸。私も正式に十三月の神として認められたんだ。お前が助けてくれたおかげだよ。……ところで、なんでこんなところにいるんだ？」

「実はな、あのあと天上に連れて行かれたんだが、神たちに兄弟の首を差し出して争う意思がないことを示したら、なんと許してもらえたんだ。天上の空を守ることを条件にな。だからこうして天上の空を巡回して異変がないか見ている。お前たちこそなんでこんなところにいるんだ？　危ないぞ」

凍月は陸が無事だったことに安堵しながら、今までの経緯を話していった。

全て話し終えると、陸は「なるほど」と深く頷く。

「ならば、私がお前たちを地上へと連れて行こう」

「え、いいの？」

「あぁ、お前たちには借りがあるからな。それくらい造作もない。牛車よりも早く地上に着くことができるぞ」

「ありがとう陸……、でも銀花はどうしよう。俺たちは陸に掴まれると思うけど、銀花は無理だな……」

凍月は銀花を見ながら悩む。こんなところに銀花だけを置いていくわけにはいかず、一緒に冬月国まで連れて帰りたい。

「大丈夫だ、今の私は充分英気を養ったからな。ほら」

陸が銀花に視線を向けた途端、陸の瞳がきらりと光ったかと思うと銀花の体がふわりと浮いた。銀花は戸惑うように首を振り、「え、なんで？」と凍月は驚いて声を出す。

「念力だ。結界を張る要領でできる。鹿一匹浮かすくらいなら造作もない。お前たちも私に掴まるのが嫌なら浮かせて運んでやろう。しかしな、その分念力に集中しなければならんから、地上に着くのが少し遅くなるがいいか？」

「大丈夫だよ、ありがとう陸」

凍月は感嘆として陸に言い、明時の方に顔を向けた。

「……明時、本当にいいの？　明時は別にここに残ってもいいんだよ？」

明時は少し目を見張ったあと、「何を今更」とからかうように笑った。

「夏凜の計算によれば、私が必要になる十三月の年まであと二年ある。それまでやることもないし、お前がいないんじゃつまらない。言っただろ、私たちは一蓮托生だと。ともに行くさ。それにこんなきらびやかな場所は性に合わんし、お前の家族にも挨拶したいしな」

明時は迷いなく言うので、凍月も微笑みながら「分かった」と頷いた。

「陸、たのんだぞ」と明時が言ったのを合図に、陸は「あいわかった」と意識を集中させ凍月たちを念力で浮かせた。

慣れぬ浮遊感に凍月は酔いそうになるが、「うわ、すごい！」と真冬は楽しそうに笑っている。

「行くぞ、速すぎたら言ってくれ」と陸は言いながら、天上の空をゆっくりと降下していった。

雪鹿衆の村から真冬が連れ去られ、凍月が行方不明になってから早三ヶ月以上が経った。村はいつもと変わらぬ朝を迎えたが、凍月たちの祖父母が住む家は未だ暗い空気のままであった。

「じいちゃん、ばあちゃん。うちで採れた野菜持ってきたから使ってよ」

玲太は野菜を持って祖父母の家の中へと入る。凍月の従兄であり二人の孫でもある玲太は、凍月と真冬がいなくなってから二人を心配して毎日家に顔を出していた。

「おぉ、いつも悪いな玲太」と祖父は言い、「ありがとうね」と祖母は優しく微笑んだ。

「……あの子たちはちゃんと食べているかしらね」

祖母は玲太から野菜を受け取り、悲しそうな表情でつぶやく。

「大丈夫だよ。神伴として天上に連れて行かれたんなら、きっといいもの食べさせてもらってるって。凍月だってしっかりしてるから、うまいこと獣でも山菜でも採って腹を満たしてるよ」

玲太は自分も心配な気持ちを抑えて祖母を励ました。「そうだ、あいつらは雪鹿衆だ。たくましく生きているはずだ」と祖父も毅然とした態度で言う。

「……でも、凍月は小春から手紙をもらって以来、消息が分からないじゃないか。あれからもう三ヶ月も経つんだよ。見知らぬ少年と一緒に旅を続けるっていうし、今頃どこにいるのか……」

「そんな泣きそうな顔しないでよばあちゃん。凍月が連絡を寄越さないのはきっとなにか理由があるんだ。もしかしたら、今頃天上に行って真冬ちゃんを助けてるかも……」

玲太が言い終わらないうちに、突如外から悲鳴が響き渡った。玲太たちが驚いて外に出ると、真っ黒な龍のような影が空に現れ、だんだんと近づいてくるのが分かる。

「な、なんだあれは……!?」と玲太は呆然として黒い影を見上げるほかない。

影はものすごい速度で村へと近づき、やはりそれは巨大な黒龍であることが誰の目にも明らかだった。

黒龍は村から少し離れた場所に着地すると、しばらくそこに留まった後、また空へと飛び立った。

「な、なんだったんだ、今の……」

玲太は状況が呑み込めぬまま去っていく黒龍を見上げる。村人たちも騒然とし、特に何も起こらなかったと安堵する声と、これから何かが起こるんじゃないかと不安がる声があちこちで上がっている。

「おじいちゃん!!　おばあちゃん!!」

聞き慣れた声が村の入り口の方から聞こえ、龍を見上げていた玲太は慌てて声の主を確認する。

すると、村の奥から走ってくる雪髪の少女の姿が見えて、玲太は息が止まりそうになる。

「真冬!!」

祖父母はすぐさま叫び真冬の方へと急いで走っていく。玲太も信じられない気持ちで真冬のもとへと向かった。

よく見ると、真冬の後ろに見知らぬ美しい少女と銀花を連れた凍月がいることに気付き、玲太は涙を堪えながら「凍月!!」と叫び全速力で走っていった。

終章　白日《はくじつ》の目覚め

朝朗《あさぼら》けの空は日が昇るとともに次第に色を変え、彩霞《さいか》をなびかせながら澄み渡る空色へと変化した。

野山にすでに雪はなく、木々は新緑に包まれ草原には蒼々《あおあお》とした植物たちが生い茂っている。

いつものように草原に立ち尽くしていた凍月は、草花を撫でる薫風《くんぷう》を胸いっぱいに吸い込んだ。初夏の香りが全身を包み、沸き立つような夏の気配がすぐそこまで来ていることを凍月は肌で感じ取っていた。

「冬ノ神の怒りは収まったようだ。これでもう常夜の世界になることはないだろう」

いつの間にか凍月の横に立っていた明時は草原を見渡しながら言う。

「無事に季節が巡ったってことだね」

「あぁ、私たちが終ノ神を止めたおかげだな」

明時は凍月に穏やかに微笑むと、その場におもむろに座り込んだ。凍月もつられてゆっくりと腰を下ろす。近くなった草花と土の香りが鼻をかすめ、胸が少しくすぐったくなる。

「……結局、この夢って一体何だったの？」

「私もよく分からない。以前、雷鳴ノ神に似たような夢を見たことがないか訊いたことがあるのだが、何度かあると言っていた。その時もアマツクニに危機が迫っていたらしくてな、蛍と共に解決したそうだ。もしかしたら、アマツクニに危機が迫っているときに、四季神がその危機に立ち向かうべき神と神伴に見せる夢なのかもしれないな」

「そっか……、この夢は四季神様の圧力だったのか」

凍月が空を見上げながら言うと、「そうだな、恐ろしいものだ」と明時は苦笑する。

青空には白い雲が悠々と浮かび、爽やかな日差しが野原いっぱいに降りそそいでいる。闇の晴れた野原には、もう不安を感じるものは何一つなかった。

「……凍月の故郷は良いところだな。山は美しく神気《しんき》に満ちている。水も綺麗で、食べ物も美味い。人も皆いい人たちばかりだ」

明時の言葉に、凍月は「ありがとう」と笑みをこぼす。

昨日陸の助けを借り、凍月たちは雪鹿衆の村に無事帰還することができた。龍に連れられ村に帰ってきた凍月たちに皆驚愕していたものの、盛大に迎え入れてくれた。

自分が神伴であること、そして明時が自分の神であることを説明すれば村人たちはさらに驚愕し、玲太に至っては明時が男であることを中々認めようとはしなかった。

祖父母も驚いていたが、祖母は「ほら、私の言った通りだったでしょう」と涙を浮かべ微笑み、祖父は「よくぞ真冬を助け、神伴として己の使命を果たした。さすが俺たちの孫だ」と豪快に笑って凍月の背中を叩いた。

「もう天人たちは私たちが天上から逃げたことに気付いているだろうな。今日にでもこの村に来るかもしれない」

「そうだね」

凍月は寂しさを感じながら空を見上げる。天人が迎えに来るまでに、少しでも家族と一緒に居たかった。

今日、目覚めたらまず生まれたばかりの子鹿の様子を真冬や玲太と一緒に見に行こう。今はまだ世話を母鹿に任せた方がいいが、しばらくして大きくなった子鹿と良い関係性をつくることができれば、生涯に亘っての絆ができる。

久しぶりに時間をかけて銀花の角の手入れをしたいし、じいちゃんとばあちゃんの手伝いもしたい。

「このまま村に残りたいか？」

凍月が「え？」と明時の方を向けば、彼の静かな東雲色の瞳と目が合った。

「もしそうなら、お前だけでも村に残れるよう天人たちにかけあってみよう。もちろんずっとは無理だろうが、数日くらいなら許されるかもしれない」

明時は平然と言っているが、その言葉の裏に寂しさを秘めていることが凍月には分かった。確かにまだ村に残りたくはあったが、明時一人を天上に帰す気もなかった。

「何言ってるんだよ、明時。俺は君の神伴だぞ。天人が来たら、素直に君と天上に行くさ。家族とは今生の別れって訳でもないし、今度はちゃんと許可を取ってから帰省しよう」

凍月が明時の目を見ながら言えば、明時は驚いたように少し目を丸くさせた。

「……私の神伴として生きていくと決めてくれたんだな」

一体何のことかと凍月は考え、明時と出会ったときのことを思い出す。

確かあのとき、神伴になるかどうかは自分で決めると明時に宣言したのだ。あのときの言葉が、まだわだかまりとして明時の心の中にあったのかと凍月は驚く。もしかしたら明時は凍月が真冬を助け目的を果たしたら、天上から去り雪鹿衆の村に戻ると考えていたのかもしれない。

あのときは何も分かっていなかったからああ言ったが、今思えば神伴であることを辞めることなどできないし、自分の使命を変えることはできないと分かっている。

しかし、凍月の意思ははっきりとしていた。

「そうだよ。俺は明時の神伴で、雪鹿衆の凍月だ」

神伴であることなど、凍月にとって自分の一部でしかなかった。明時の神伴で、雪鹿衆であることが凍月の選んだ道だ。後悔など微塵もない。

「さすがは私の神伴だ」

明時は嬉しそうに目を細めて笑い、凍月もつられて笑ってしまう。そしてそのまま凍月は草原に寝転んだ。蒼い草の香りが妙に清々しく感じ、青空から降り注ぐ陽光が眩しくて目に染みる。光から目を背けるように明時の方を向けば、彼は東雲色の瞳を細めたまま凍月を見据えていた。相変わらず美しい瞳をしている。なんだか気恥ずかしくなった凍月は、目を閉じて肌や匂いで夏の気配を堪能した。

やがて雪解け水が田に流れ込み、田植えの時期が訪れる。じきに風に乗って田唄が聞こえてくるだろう。夜になれば河原に蛍の光が戻り、蛙の声を聞きながら眠りにつくのだ。

巡る季節に思いを馳せながら、凍月は穏やかに目を覚ました。

本作は書き下ろしです。
本作品はフィクションです。実際の人物や団体、地域とは一切関係ありません。

二宮敦人

鍵は古来より伝わる風土病？
村の壮絶な過去を知る時、
日本中が「鬼」の恐怖に侵される！
驚愕の真相を掴み、
あなたはこの物語から抜け出せるか⁉

たった一度のウソで
人生の全てが

崩れ落ちる

心が追い詰められて
壊れた人に
興味がありますか？

映画化
決定！
主演：村重杏奈

TO文庫　定価：本体700円＋税
ISBN978-4-86472-880-5

何、言ってんですか
そんな時、いつも決まって
いや
別に
悪魔を連想させるような暗い目をしている
「死にたがりの探偵」が謎を説く、
ステイホーム・ミステリー！
コロナEXほかにて
大絶賛配信中！
CORONA EX
コロナEX
TObooks

TO文庫

十三月の明時神

2024年9月2日　第1刷発行

著　者　御米田よね

発行者　本田武市

発行所　TOブックス
〒150-0002 東京都渋谷区渋谷三丁目1番1号
PMO渋谷Ⅱ　11階
電話 0120-933-772（営業フリーダイヤル）
FAX 050-3156-0508

フォーマットデザイン　金澤浩二
本文データ製作　TOブックスデザイン室
印刷・製本　中央精版印刷株式会社

Printed in Japan ISBN978-4-86794-298-7